中华好家风

ZHONGHUA HAO JIAFENG

张天清 主编

百花洲文艺出版社
BAIHUAZHOU LITERATURE AND ART PRESS

图书在版编目（CIP）数据

中华好家风 / 张天清主编. — 南昌：百花洲文艺出版社, 2018.1（2019.9重印）
ISBN 978-7-5500-2626-1

Ⅰ.①中… Ⅱ.①张… Ⅲ.①家庭道德 - 中国 Ⅳ.①B823.1

中国版本图书馆CIP数据核字（2018）第004015号

中华好家风

张天清 主编

责任编辑	童子乐
书籍设计	赵 霞
制 作	何 丹
出版发行	百花洲文艺出版社
社 址	南昌市红谷滩世贸路898号博能中心一期A座20楼
邮 编	330038
经 销	全国新华书店
印 刷	江西华奥印务有限责任公司
开 本	720mm×1000mm 1/16 印张 14
版 次	2018年5月第1版第1次印刷
	2019年9月第1版第5次印刷
字 数	160千字
书 号	ISBN 978-7-5500-2626-1
定 价	29.80元

赣版权登字 05-2018-17

邮购联系 0791-86895108
网址 http://www.bhzwy.com
图书若有印装错误，影响阅读，可向承印厂联系调换。

中华民族历来重视家庭。正所谓"天下之本在家"。尊老爱幼、妻贤夫安，母慈子孝、兄友弟恭，耕读传家、勤俭持家，知书达礼、遵纪守法，家和万事兴等中华民族传统家庭美德，铭记在中国人的心灵中，融入中国人的血脉中，是支撑中华民族生生不息、薪火相传的重要精神力量，是家庭文明建设的宝贵精神财富。……家风是社会风气的重要组成部分。家庭不只是人们身体的住处，更是人们心灵的归宿。家风好，就能家道兴盛、和顺美满；家风差，难免殃及子孙、贻害社会，正所谓"积善之家，必有余庆；积不善之家，必有余殃"。诸葛亮诫子格言、颜氏家训、朱子家训等，都是在倡导一种家风。……广大家庭都要弘扬优良家风，以千千万万家庭的好家风支撑起全社会的好风气。……推动形成爱国爱家、相亲相爱、向上向善、共建共享的社会主义家庭文明新风尚。

——2016年12月习近平总书记在会见第一届全国文明家庭代表时的讲话（节选）

1

目　录

名门家风

经典家书

家书是一种悠久的通信方式，是亲人间遥寄相思、沟通心灵的纽带，同时也是我国传统文化的重要载体。

我国早在先秦时期就有很多书信流传下来。1975年在湖北发现的秦国的黑夫和惊两兄弟写给家人的书信是我国目前所发现的最早的实物家书。从汉代开始，随着社会的发展、文学的繁荣和物质材料的进步，家书应用更加广泛，内容更加丰富，留下了不少名篇。如刘邦的《手敕太子书》、东方朔的《诫子书》、刘向的《诫子歆书》等。魏晋南北朝文学上注重文采，家书多想象鲜明、感情丰富、语言优美，富有诗情画意。如诸葛亮的《诫子书》《诫外甥书》，鲍照的《登大雷岸与妹书》等。历经唐、宋、元、明、清，社会生活不断变化，家书的作用越来越大，内容从天下大势到人生哲理几乎无所不包。家书进入文人的文集，名篇佳作迭出。

古代家书不仅是亲人情感的载体，很多家书同时有家训的意味，甚至有的家书就是后人应该遵循的家训，如郑玄的《戒子益恩书》、诸葛亮的《诫子书》、朱熹的《与长子受之》等。这一类的家书蕴含着丰富的道德理念和伦理规范，承载着深厚的人文情怀和民族精神。本书这一部分精选了十篇古代家书，希望读者能够窥一斑而知全豹。

戒子益恩书

郑　玄

　　吾家旧贫，不为父母群弟所容[1]，去厮役之吏[2]，游学周、秦之都，往来幽、并、兖、豫之域，获觐乎在位通人，处逸大儒[3]，得意者咸从捧手[4]，有所受焉。遂博稽[5]六艺，粗览传记，时睹秘书纬术[6]之奥。年过四十，乃归供养，假田播殖[7]，以娱朝夕。遇阉尹擅执[8]，坐党禁锢，十有四年，而蒙赦令。举贤良方正有道，辟大将军三司府，公车再召，比牒并名，早为宰相[9]。惟彼数公，懿德大雅，克堪王臣，故宜式序；[10]吾自忖度，无任于此[11]，但念述先圣之元意，思整百家之不齐，亦庶几[12]以竭吾才，故闻命罔从[13]。而黄巾为害，萍浮南北，复归邦乡，入此岁来，已七十矣。宿素[14]衰落，仍有失误，案之礼典，便合传家。今我告尔以老，归尔以事，将闲居以安性，覃思[15]以终业。自非拜国君之命，问族亲之忧，展敬坟墓，观省野物，胡尝扶杖出门乎！家事大小，汝一承之。咨尔茕茕[16]一夫，曾无同生[17]相依。其勖求[18]君子之道，研钻勿替[19]，敬慎威仪，以近有德[20]。显誉成于僚友，德行立于己志。若致声称[21]，亦有荣于所生，可不深念邪！可不深念邪！吾虽无绂冕[22]之绪，颇有让爵之高。自乐以论赞之功，庶不遗后人之羞[23]。末所愤愤者，徒以广亲坟垄未成，所好群书率皆腐敝，不得丁礼堂写定，传与其人。日西方暮，其可图乎！家今差多于昔，勤力务时，无恤饥寒。菲饮食，薄衣服[24]，节夫二者，尚令吾寡恨[25]。若忽忘不识，亦已焉哉。

注释

①不为父母群弟所容：有的版本无"不"字，此处从中华书局1965年版《后汉书》。这里意思是说，家里贫穷，父母兄弟力薄，郑玄只好出来做小吏。

②厮役之吏：像仆役般的小官吏，是说官位极低。

③获觐乎在位通人，处逸大儒：能够拜见那些有官位的博学的人，以及隐居的有名望的学者。

④捧手：拱手，意为恭敬。

⑤博稽：广泛考察研究。

⑥秘书纬术：秘藏之书和谶纬图箓等书。

⑦假田播殖：借助土地种植。

⑧阉尹擅执：阉尹，管领太监的官。"执"通"势"，权势。

⑨比牒并名，早为宰相：比牒并名，连牒齐名。就是说一起齐名被召的人都已经成了宰相。

⑩惟彼数公，懿德大雅，克堪王臣，故宜式序：只有那几个人，德美才高，能够胜任朝廷大臣，所以应该按次第论功序位。

⑪无任于此：在做官方面不能胜任。

⑫庶几：或许可以，表示希望或推测。

⑬闻命罔从：接到征召的命令没有服从。

⑭宿素：平素的志愿。

⑮覃思：深入思考。

⑯茕茕：孤独无依的样子。

⑰同生：指同胞兄弟。

⑱勖求：勉力追求。

⑲替：废弃。

⑳敬慎威仪，以近有德：出自《诗经·大雅·民劳》。要谨慎对待自己的言行举止，亲近德行高尚的人。

㉑若致声称：如果带来声望和赞誉。

㉒绂冕：古时系官印的丝带及大夫以上的礼冠，比喻高官。

㉓庶不遗后人之羞：希望不会给后人留下羞辱。

㉔菲饮食，薄衣服：饮食要简单，衣服要朴素。

㉕寡恨：少一些遗憾。

延伸阅读

这篇《戒子益恩书》是我国东汉大儒郑玄晚年写给儿子郑益恩的。他七十岁时，自感身体不佳，可能不久于人世，因此写了这篇述志教子之文。郑玄在文中详细地叙述了自己一生的经历和个性喜好，希望用亲身经历给儿子树立榜样，并提出了对儿子的诸多期望。郑玄这封家书虽为训子之作，却口气温和，似严师更似慈父。刘熙载《艺概·文概》说："郑康成《戒子益恩书》，雍雍穆穆，隐然涵《诗》《礼》之气。"

郑玄（127年—200年），字康成，东汉末年北海高密（今属山东省高密市）人，我国著名的儒家学者、经学大师，世称"后郑"，以别于郑兴、郑众父子。郑玄博古通今，以古文经学为主治学，兼及今文经学，博采众家之长，遍注儒家经典，一生投身于整理古代典籍，传承学术文化事业。他是汉代经学的集大成者，"名冠华夏，为世儒宗"（华歆语），他的学问被称为"郑学"。唐代贞观二十一年（647年），他被列入二十二先师之一，配享孔庙。宋代元丰年间被追封为高密伯，后人建了郑公祠来纪念他。

郑玄所注儒家经典，现今保存完整的有《周礼注》《仪礼注》《礼记注》，合称"三礼注"，还有《毛诗笺》。注释"三礼"是郑玄注经的最大成就，"三礼"的名称是郑玄作注之后明确下来的。《礼记》49篇得以独立成书，也归功于郑玄。"三礼"是了解研究古代典章制度的宝贵文献，而读"三礼"，郑注不能不读。郑玄还注了《周易》《古文尚书》《论语》《孝经》《左传》等众多典籍。据清儒郑珍考证，郑玄著述约60种。他兼采今古文经治学，使经学进入了一统时代，为经学发展做出了巨大贡献。他所注经典，至今仍是权威注本。

郑玄还有多方面的成就。因为注经，他对我国古代的校雠学、训诂学、音韵学、词汇学均有重大贡献。段玉裁称赞他成就了校雠学的千古大业。郑玄晚年退居教学，弟子众多，为我国古代文化教育事业做出了贡献。

郑玄"一代大儒"（赵翼语），教育子女却是毫无说教习气，只是以自己的亲身经历来启发儿子。这篇《戒子益恩书》就是很好的代表。

在《戒子益恩书》中郑玄用自己求学的艰苦经历鼓励儿子倾心向学，用自己"述先圣之元意""整百家之不齐"的志向启发儿子，希望他继承父业。作为经学大师的郑玄也可以说是有家学渊源的。他的远祖郑国，字子徒，是孔门七十二贤人之一，后来被追封为朐山侯。八世祖郑崇，字子游，是高密的大族，西汉哀帝时官至尚书仆射，后被诬陷死于狱中。到郑玄时，家境已经衰落，他的祖父和父亲都在乡间务农，没有出仕。然而，深厚的家学传承使得郑玄有读书的机会。郑玄勤奋好学，沉湎于读书，孜孜以求。父母兄弟供养于他，一直到后来，家里实在支撑不下去，才迫使他出去做小官吏"乡啬夫"，而此时的郑玄已经是学富五车，可以独立了。后来父母兄弟又允许他辞去小吏之职，到处游学。他走遍"周、秦之都""幽、并、兖、豫之域"，得以向"在位通人""处逸大儒"恭敬问学。一直到他四十岁学成归乡，才得以赡养父母。在《戒子益恩书》的结尾，郑玄说到自己的两个未了心结：一是"亡亲坟垄未成"，二是"所好群书率皆腐散，不得于礼堂写定，传与其人"。前者是对父母的感恩与愧疚，后者是对儿子的殷切希望。

郑玄用自己的言行教育儿子立德为人。一心治学的郑玄也是一个品行高尚之人。生于乱世，他坚守节操，不慕名利，多次拒绝各路人员的征召，而曾经和他一起被征召的人，后来都成了宰相，"比牒并名，早为宰相"。他说自己"虽无绂冕之绪，颇有让爵之高。自乐以论赞之功，庶不遗后人之羞"。因此，他希望儿子也成为品德优秀之人。"其勖求君子之道，研钻勿替，敬慎威仪，以近有德。显誉成于僚友，德行立于己志。若致声称，亦有荣于所生，可不深念邪！可不深念邪！"反复叮嘱，望儿子"深念"。

贫寒家境中走过来的郑玄也教育儿子要勉力经营家业，自立节俭。"勤力务时，无恤饥寒。菲饮食，薄衣服。"这是他对儿子的朴素期望。

在郑玄的苦心教导下，郑益恩也算不负父望，被孔融举为孝廉，孔融"为黄巾所围"，他"赴难殒身"。可惜英年早逝，没能留下更多的东西。郑益恩留有遗腹子，郑玄"以其手文似己，名之曰小同"。郑小同，字子真，继承了家学，"学综六经"，官至侍中，封关内侯，后被司马昭毒杀。

郑玄不仅用家书来教导后人，更是以他的行事成就为后人树立了榜样。郑氏后人也在这种良好家风的熏陶下繁衍生息。《戒子益恩书》和他的"三礼注"、《毛诗笺》，都是中华民族宝贵的精神文化财富。

诫子书

诸葛亮

夫①君子之行，静以修身②，俭以养德③。非澹泊无以明志④，非宁静无以致远⑤。夫学须静也，才须学也⑥，非学无以广才⑦，非志无以成学⑧。淫慢则不能励精⑨，险躁则不能治性⑩。年与时驰⑪，意与日去⑫，遂成枯落⑬，多不接世⑭，悲守穷庐⑮，将复何及⑯！

注释

①夫：句首发语词，引出下文议论，无实在意义。

②静以修身：从宁静中提高个人的品德修养。

③俭以养德：以自我约束来培养自己的德行。

④澹泊：也写作"淡泊"，清静而不贪图功名利禄。内心恬淡，不慕名利。明志：表明自己崇高的志向。

⑤宁静：这里指安静，集中精神，不分散精力。致远：实现远大目标。

⑥才：才干。

⑦广才：增长才干。

⑧成：达成，成就。

⑨淫慢：漫不经心。慢：懈怠，懒惰。励精：奋勉，振奋。

⑩险躁：冒险急躁，狭隘浮躁，与上文"宁静"相对而言。治性：修性，养性。

⑪与：跟随。驰：疾行，这里是增长的意思。

⑫日：时间。去：消逝，逝去。

⑬遂：于是，就。枯落：枯枝和落叶，此指像枯叶一样飘零，形容人韶华逝去。

⑭多不接世：意思是对社会没有任何贡献。接世：接触社会，承担事务，对社会有益。有"用世"的意思。

⑮穷庐：破房子。

⑯将复何及：又怎么来得及。

延伸阅读

《诫子书》是诸葛亮在三国蜀汉建兴十二年（234年）写给儿子诸葛瞻的。这年，诸葛亮五十四岁，诸葛瞻仅八岁。诸葛亮在《与兄瑾书》中写道："瞻今八岁，聪慧可爱，嫌其早成，恐不为重器耳。"诸葛亮贵为蜀汉丞相，为了蜀汉日夜操劳，鞠躬尽瘁，死而后已，忙于国事的他顾不上亲自教育儿子。他一方面为儿子长得聪慧可爱感到由衷的高兴，一方面又为儿子成不了大器而隐隐担忧，于是写下这篇书信告诫诸葛瞻。然而，诸葛亮在写成这封《诫子书》后不久便病逝于五丈原军中，因此，这封信也成了他留给儿子的遗训。

修身与治家，是传统家书中亘古不变的命题。"修身、齐家、治国、平天下"是几千年来中国传统知识分子的理想信条。教导子孙修身养性、立身处世之道始终是好家风的基本内涵。在中国历史上的众多家书中，诸葛亮的《诫子书》堪称修身立志的经典之作，对后世影响深远。

诸葛亮（181年—234年），字孔明，人称"卧龙"，徐州琅邪阳都（今属山东省临沂市）人。三国时期蜀汉丞相，杰出的政治家、军事家、战略家、散文家、外交家、发明家。诸葛亮是中国颇具传奇色彩的一位历史人物。他早年避乱于荆州，在南阳耕读隐居，直到公元207年，二十七岁的诸葛亮受刘备"三顾茅庐"之请而出仕，并留下了"隆中对"这一千古佳话。他辅佐刘备先夺取荆州、益州为根据地，后对内改革政治，对外联孙抗曹，南抚夷越，西和诸戎，公元221年，又协助刘备在成都建立蜀汉政权，与中原曹魏、江东孙吴形成三国鼎足之势。诸葛亮被任命为丞相，主持朝政。刘备去世后，蜀汉后主刘禅继位，诸葛亮被封为武乡侯，领益州牧，是蜀汉政治、军事上最重要的实际领导者。三国后期的诸葛亮前后六次北伐中原，但多以粮尽无功。他为蜀汉大业鞠躬尽瘁，终因积劳成疾，病逝于五丈原军中，辞世后追谥为忠武侯。后人因他多谋善断尊其为"智圣"，他在民间传说中一直是智慧和忠义的化身，他的许多事迹，如发明创制"木牛流马""八阵图"、改造连弩等也早在民间成为家喻户晓的美谈。

《诫子书》的主旨是劝勉儿子要勤学立志，澹泊自守，其思想精华都凝结在一个"静"字上，修身养性要学会淡泊宁静，戒急戒躁。他说："夫学须静也，才须学也，非学无以广才，非志无以成学。"意思是说，不静下心来就不能为实现远大理想而长期刻苦学习，要学得真知必须使身心在宁静中研究探讨，人们的才能是从不断的学习中积累起来的；不下苦功学习就不能增长与发扬自己的才干；没有坚定不移的意志就不能使学业成功。他不但讲明修身养性的途径和方法，也指明了立志与学习的关系；不但讲明了宁静淡泊的重要，也指明了放纵怠慢、偏激急躁的危害。"静"与"躁"对比鲜明，发人深省。这篇《诫子书》既是慈父殷切教子之语，也是诸葛亮本人对其一生的总结。文章短短几十个字，言简意赅，短小精警，但说理平易近人，易为孩子接受，这是它的独到之处。毕竟，诸葛瞻一个八岁的孩童，对他的训导不能深奥晦涩、长篇大论。但它传递出的思想力量却是巨大的，足以受用终身。

　　在诸葛亮的谆谆教导下，他的儿子不负厚望，成长为德才兼备、忠君爱国之士。延熙六年（243年），十七岁的诸葛瞻官拜骑都尉，后又陆续出任羽林中郎将、射声校尉、侍中、尚书仆射，是三国后期蜀汉不可多得的军政人才。景耀六年（263年），魏将邓艾举兵攻蜀，诸葛瞻率军与魏战于绵竹。邓艾遗书诱降，他怒斩来使。后来诸葛瞻战败，捐躯沙场，终年仅三十七岁。他的长子诸葛尚亦不负国之重恩，秉承父辈之遗志，驰赴魏军而死。对此，史学家评论道："瞻虽智不足以扶危，勇不足以拒敌，而能外不负国，内不改父之志，忠孝存焉。"

　　诸葛亮的《诫子书》，旨在培养后辈成为国之栋梁，其修身立志之道也是他对自己人生经验的总结，读来振聋发聩，受益匪浅。直到今天，聚居于浙江兰溪诸葛村（又名"八卦村"）的诸葛家族子孙后裔还把先祖的家书奉为宝典，历次修编族谱都载于谱上，置于宗族祠堂，训示族人。这封家书不仅让子孙受益，也惠及旁人，"静以修身，俭以养德""非澹泊无以明志，非宁静无以致远""志当存高远"这样的至理名言流传千古，成为无数人自我激励的座右铭。

与子俨等疏

陶渊明

告俨、俟、份、佚、佟[1]：

天地赋命，生必有死，自古贤圣，谁独能免？子夏有言曰："死生有命，富贵在天。"四友[2]之人，亲受音旨。发斯谈者，将非穷达不可妄求，寿夭永无外请[3]故耶？吾年过五十，而穷苦荼毒[4]，每以家弊，东西游走。性刚才拙，与物多忤，自量为己，必贻[5]俗患，僶俛辞世[6]，使汝等幼而饥寒。余尝感孺仲贤妻[7]之言，败絮自拥，何惭儿子。此既一事矣。但恨邻靡二仲[8]，室无莱妇[9]，抱兹苦心，良独内愧。少学琴书，偶爱闲静，开卷有得，便欣然忘食。见树木交荫，时鸟变声，亦复欢然有喜。常言五六月中，北窗下卧，遇凉风暂至，自谓是羲皇上人[10]。意浅识罕，谓斯言可保。日月遂往，机巧好疏[11]。缅求在昔，眇然如何。疾患以来，渐就衰损，亲旧不遗，每以药石[12]见救，自恐大分[13]将有限也。汝辈稚小家贫，每役柴水之劳，何时可免？念之在心，若何可言！然汝等虽不同生[14]，当思四海皆兄弟之义。鲍叔、管仲，分财无猜[15]；归生、伍举，班荆道旧[16]。遂能以败为成，因丧立功[17]。他人尚尔，况同父之人哉！颍川韩元长[18]，汉末名士，身处卿佐，八十而终。兄弟同居，至于没齿[19]。济北范稚春[20]，晋时操行人也。七世同财，家人无怨色。《诗》曰："高山仰止，景行行止。"[21]虽不能尔，至心尚之。汝其慎哉，吾复何言。

注释

①俨、俟、份、佚、佟：指陶渊明的五个儿子——舒俨、宣俟、雍份、端佚、通佟。

②四友：《孔丛子·论书》所谓"四友"指孔子的四个学生颜回、子贡、子路、子张，无子夏。或者陶渊明另有依据，四友包括子夏；或者意思是子夏与他们同列。

③外请：额外请求。

④吾年过五十，而穷苦荼毒：我五十以后仍然穷困而且苦痛。

⑤贻：遗留，致使。

⑥俛俛辞世：努力辞世归隐。辞世：避世，隐居。

⑦孺仲贤妻：指东汉王霸之妻，与王霸一起隐居。见《后汉书·逸民列传》《后汉书·列女传》记载。

⑧二仲：指汉代的两位隐士羊仲、求仲。

⑨莱妇：指老莱子的妻子，与其一起逃隐江南。

⑩羲皇上人：远古真淳之人。羲皇：伏羲氏，传说中的上古帝王。

⑪机巧好疏：疏于投机取巧之事。

⑫药石：泛指药物。

⑬大分：大限，寿数。

⑭不同生：非同母所生。

⑮鲍叔、管仲，分财无猜：鲍叔牙与管仲一起经商，分财时无所猜忌。

⑯归生、伍举，班荆道旧：归生与伍举情谊不改。

⑰以败为成，因丧立功：接上句，指管仲因得鲍叔牙的帮助而在失败中转向成功；指伍举在逃亡之中因得归生的帮助而回到楚国立下功劳。

⑱韩元长：名融，字元长，东汉名士。

⑲没齿：终身。

⑳范稚春：名毓，字稚春，西晋时人。

㉑高山仰止，景行行止：见《诗经·小雅·车辖》。

延伸阅读

《与子俨等疏》是陶渊明晚年重病中恐怕来日不多而写给五个儿子的一封带有遗嘱性质的家信，诗人在信中用通俗易懂而又饱含深情的语言简要地回顾了他五十余年的人生，诉说了自己的生活志趣和人生态度，希望儿子们能够携手互助，和睦相处。

陶渊明（365年？—427年），字元亮，又名潜，世称靖节先生，浔阳柴桑（今属江西省九江市）人。东晋末至南朝宋初伟大的诗人、辞赋家，是我国第一位田园诗人，被称为"古今隐逸诗人之宗"。陶诗在中国文学史上有着深广的影响，而他本人更是古代士人精神上的归宿，不为五斗米折腰成了读书人精神世界的城堡。

陶渊明有这样的成就和影响，和他的家族是分不开的。陶渊明的曾祖父是东晋名将陶侃。陶侃出身贫寒，初任县中小吏，后出任郡守，最后官至大司马，封长沙郡公，谥号桓。他多次平定动乱，战功赫赫，为稳定东晋政权立下不可磨灭的功绩；他治下的荆州，史称"路不拾遗"。他为官正直清廉，为世人所称道。而这样的陶侃又是受到陶母的悉心教育而来的。陶母是中国"四大贤母"之一，她教育陶侃的"封坛退鲊""截发延宾""限制饮酒"等故事广为流传，也奠定了陶氏一门的良好家风。陶渊明的祖父陶茂曾任武昌太守，父亲也曾出仕，但对于仕宦不热衷，生性淡泊。陶渊明的外祖父孟嘉是东晋名士，名扬京师，有才华有志向，颇受时人推重；曾长期在桓温幕府任职，留下了"孟嘉落帽"的佳话。陶渊明为其作有《晋故征西大将军长史孟府君传》）。

　　陶氏家族可说是仕宦之家，只是到陶渊明时已没落。而陶渊明少时博学能文，任性不羁，且有渴望建功立业的壮志，先后做过江州祭酒、建威参军、镇军参军、彭泽县令等，但因为晋宋易代，社会动荡，有志难伸，加之对田园生活的喜爱，陶渊明最终归隐山林，成了隐士。因为亲自耕种，他的田园诗接地气，真切感人。他的散文和辞赋也写得美好淳朴，很有感染力。欧阳修说：“晋无文章，唯陶渊明《归去来兮辞》一篇而已。”在陶渊明的众多诗文中，都表达了自己安贫乐道、淡泊守志的情怀。这篇《与子俨等疏》也是如此。

　　陶渊明这封书信自叙平生，感叹家庭贫困，疾病缠身。一方面教育儿子要仰慕先贤，以韩元长、范稚春为榜样，团结友爱，共享生活的忧乐；一方面也表明了自己追求恬淡人生、怡情山水，虽贫困却无悔的志向。虽然“穷苦荼毒”，在自然的风光里，“亦复欢然有喜”“自谓是羲皇上人”。他对平生志趣的自述，表现了“穷达不可妄求”的人生哲理。不过，陶渊明并没有用上对下的严厉口吻责令儿子该如何，而是以情动人。因为自己的选择，家庭贫困，孩子们也受了不少苦，“使汝等幼而饥寒”，他表现了作为父亲的深深歉意，“抱兹苦心，良独内愧”。在娓娓道来的叙述中，我们可以看到陶渊明的良苦用心。他希望孩子们理解自己的选择，并且能够随顺自然、热爱生活，像自己一样追求精神的自由，能自得其乐。

　　这封家书的影响主要在于后世读书人的接受。明朝进士林云铭《古文析义》云：“与子一疏，乃陶公毕生实录、全副学问也。穷达寿夭，既一眼觑破，则触处任真，无非天机流行。末以善处兄弟劝勉，亦其至情不容已处。读之唯见真气盘旋纸上，不可作文字观。”说明了信中表现的陶渊明的志趣和深情对后人的影响。

狱中与诸甥侄书

范 晔

吾狂衅覆灭①，岂复可言，汝等皆当以罪人弃②之。然平生行己任怀，犹应可寻。至于能不③，意中所解，汝等或不悉知。吾少懒学问，晚成人，年三十许，政④始有向耳。自尔以来，转为心化，推老将至者，亦当未已也。往往有微解⑤，言乃不能自尽。为性不寻注⑥书，心气恶，小苦思，便惯闷⑦，口机又不调利⑧，以此无谈功⑨。至于所通解处，皆自得之于胸怀耳。文章转进，但才少思难，所以每于操笔，其所成篇，殆无全称⑩者。常耻作文士。文患其事尽于形，情急于藻，义牵其旨，韵移其意。虽时有能者，大较多不免此累，政可类工巧图缋⑪，竟无得也。常谓情志所托，故当以意为主，以文传意。以意为主，则其旨必见⑫；以文传意，则其词不流⑬。然后抽其芬芳，振其金石⑭耳。此中情性旨趣，千条百品⑮，屈曲有成理。自谓颇识其数⑯，尝为人言，多不能赏，意或异故也。

性别宫商⑰，识清浊⑱，斯自然也。观古今文人，多不全了此处，纵有会此者，不必从根本中来。言之皆有实证，非为空谈。年少中，谢庄⑲最有其分，手笔⑳差易，文不拘韵㉑故也。吾思乃无定方，特能济难适轻重㉒，所禀之分，犹当未尽。但多公家之言㉓，少于事外远致，以此为恨，亦由无意于文名故也。

本未关史书，政恒觉其不可解耳。既造《后汉》，转得统绪㉔，详观古今著述及评论，殆少可意者。班氏㉕最有高名，既任情无例，不可甲乙辨。后赞㉖于理近无所得，唯志㉗可推耳。博赡不可及之，整理未必愧也。吾杂传论^㉘，皆有精意深旨，既有裁味，故约其词句。至于《循吏》以下及《六夷》诸序论，笔势纵放，实天下之奇作。其中合者，往往不减《过秦》篇。尝共比方班氏所作，非但不愧之而已。欲遍作诸志，《前汉》所有者悉令备。虽事不必多，且使见文得尽。又欲因事就卷内发论，以正一代得失，意复未果。赞自是吾文之杰思，殆无一字空设，奇变不穷，同合异体^㉙，乃自不知所以称之。此书行，故应有赏音者。"纪传例"^㉚为举其大略耳，诸细意甚多。自古体大而思精，未有此也。恐世人不能尽之，多贵古贱今，所以称情狂言耳。

吾于音乐，听功不及自挥^㉛，但所精非雅声，为可恨，然至于一绝处^㉜，亦复何异邪？其中体趣，言之不尽，弦外之意，虚响之音，不知所从而来。虽少许处，而旨态无极。亦尝以授人，士庶^㉝中未有一豪似者。此永不传矣。吾书虽小小有意，笔势不快，余竟不成就，每愧此名。

注释

①狂衅：疏狂放浪，不拘小节。覆灭：指遭杀身之祸。

②弃：谓遗弃、嫌弃。范晔自认疏狂放肆，得罪许多人，应受遗弃。

③不：同"否"。

④政：通"正"。

⑤微解：精微深刻的见解。

⑥寻：探求。注：注释、注疏。

⑦愦闷：指头昏脑涨。

⑧口机：口才。调利：畅达锋利。

⑨谈功：指凭借口舌言语获取功名利禄。六朝人多有此。

⑩全称：完全满意。称，合乎心意。

⑪政：通"正"。工巧：技巧精妙的工匠。图缋：绘制彩色花纹的图像。

⑫见：同"现"。

⑬不流：不散失，不空泛虚浮。

⑭金石：钟磬一类乐器，其发声清越优美，后喻辞韵美妙。

⑮千条百品：谓各种各样，名目繁多。

⑯数：奥妙、道理、规律。

⑰宫商：古代五音中的二音，泛指音乐。

⑱清浊：汉语音韵学中的一对范畴，这里指声律。

⑲谢庄：字希逸，南朝宋人，文学家，以《月赋》闻名。

⑳手笔：犹"文章"。

㉑文不拘韵：文章不受声律的拘束。

㉒特：但、只。济难：有利于难以言传之情事的表达。济：有益，方便。

㉓公家之言：指"不拘韵"的奏疏、书表、策论等实用文章。

㉔统绪：犹端绪。统，丝绪之总束。绪，丝头。

㉕班氏：指班固，东汉著名的史学家、文学家，有《汉书》传世。

㉖赞：文体之一，有杂赞、哀赞及史赞之分。

㉗志：记事的书或文章，此指《汉书》中的《食货志》《地理志》《五行志》《天文志》等十志。

㉘传论：即每篇人物传纪后的评语、议论。

㉙同合异体：谓各篇赞论内容不尽相同。

㉚纪传例：指序例，未见于今本《后汉书》。

㉛听功：指对音乐的鉴赏识别。自挥：指亲手弹奏。

㉜绝处：指音乐（非雅声之乐）的最高境界。

㉝士庶：读书人和平民百姓。

延伸阅读

这篇《狱中与诸甥侄书》是范晔被杀前在狱中写给外甥侄子们的书信。然而它与一般绝笔和寻常家书不同，没有临终的哀怨之情，只是谈艺说文，阐述思想观点。尤其是把重点放在自己一生中最重要的精神成果《后汉书》上，自信之意溢于言表，字里行间透露出的大气与豪迈，受到后人的称赞。而范晔之所以有这样的大气磅礴的胸襟气度，当然跟他的家族是有关系的。

范晔（398年—445年），字蔚宗，顺阳（今属河南省南阳市）人，南朝宋史学家、文学家。他才华横溢，史学成就突出，其所著《后汉书》博采众书，结构严谨，与《史记》《汉书》《三国志》并称"前四史"，在我国史学史上具有重要地位。

范晔出身六朝时期的大族顺阳（今属河南省南阳市）范氏。顺阳范氏是魏晋时期乘时而起的新士族。其祖先相传是春秋时期越国的范蠡，但其后世系不明，直至魏晋时范晷的出现才使顺阳范氏登上历史舞台，最终成为南朝时期的显赫士族。范晷是西晋大臣，历任朝廷要职，加封为左将军。范晷之孙范汪（308年—372年）东晋时期得到大族颍川（今属河南省登封市）庾氏重要人物庾亮的提携，入仕一帆风顺，任东阳太守时，大兴学校，甚有惠政。范汪之子范宁（约339年—约401年）是东晋大儒、经学家，兴儒学，抑玄风。他用儒学助东晋皇室振兴皇权，被封为阳遂乡侯。范宁之子范泰（355年—428年）是范晔的父亲，在刘裕代晋称帝后受到重用，甚得宋武帝、宋文帝恩宠，是顺阳范氏在两晋南朝时期身份最显贵的人。

魏晋士族重文化修养，多以学问名世，这可以说是士族获得社会承认的一个条件。顺阳范氏在范晔之前就已经形成了重视文化修养、重视儒学的家风。顺阳范氏的第一代范晷少年游学他乡，以士起家；第二代范坚"博学善属文"；第三代范汪"好学""遂博学多通"；第四代范宁"少笃学，多所通览"，并为《春秋穀梁传》作集解；第五代范泰"博览篇籍，好为文章，爱奖后生，孜孜无倦。撰《古今善言》二十四篇及文集传于世"，范弘之"雅正好学，以儒术该明"。和当时社会谈玄风气很盛不同，顺阳范氏很重儒学，历代都有文化素养较高之人。范坚、范宁以经学家闻名，范宁更以儒学帮助东晋皇帝加强皇权。

范晔深受家学家风影响，虽"少懒学问，晚成人"，却做出了家族突出的文化成果《后汉书》。此书史料丰富，文笔简练，达到了相当的思想深度，书中的史论，言深意远，用词典雅，笔势奔放，在我国史学史上不多见。在此书中范晔论断是非，多用家学儒家思想为准绳。在这封《狱中与诸甥侄书》中，也可看到范晔重视文章内容、务实不空谈的儒家实用之风。

元嘉二十二年（445年）末，因为孔熙先等人谋划迎立彭城王刘义康为皇帝一案牵涉，范晔被逮捕入狱。他自知不久于人世，写了这封书信。但是他没有为自己即将被杀而怨愤气馁，只是叹息自己的满腹才华未得尽情施展。

范晔在信中回顾了自己平生治学著述的经历，讲述了自己的治学体会和学术思想，颇多见解。范晔以自己的经验来提示后辈们在学术上应注意的一些问题。他说自己年轻时懒于学问，以后才知发愤，告诫子侄们要勤奋于学业。在作文章上，他认为："情志所托，故当以意为主，以文传意。以意为主，则其旨必见；以文传意，则其词不流。"并且要"言之皆有实证，非为空谈"，提倡内容为尚的写作观，有利于纠正当时渐趋浮靡的文风。同时，他也不反对有文采，对自己"少于事外远致"深以为恨，也追求作品的意趣、情致。在史学著述上，要有恢宏的旨趣，"以正一代得失"；要有超越古人的志向，认为自己的《后汉书》"自古体大而思精，未有此也"。在音乐方面，要懂得自己动手弹的妙处，最好通雅乐。要懂得品味音乐中的"弦外之意，虚响之音，不知所从而来"的"体趣"。

这封书信，阐述了范晔在文学批评、史学著述、音乐鉴赏等领域的独到观点，是《后汉书》之外，最能体现他学术思想的作品。信中虽然有"称情狂言"之处，但更多的是让人感受到作者成就事业的自信、立志有为的气概。

范晔被处死之时，他的三个儿子同时遇害，只有孙子范鲁连得以保全性命。到了齐梁时期，范晔的侄孙范云、范缜有名于当世。范缜继承更发展完善了范晔的无神论思想。范晔曾欲著《无鬼论》，因被杀而搁浅，而范缜完成了《神灭论》这部划时代的唯物主义论著，成为中国著名的思想家。而范缜能有这样的成就当然与顺阳范氏一贯的重儒之风分不开，也离不开范晔思想的沾溉。

登大雷岸与妹书

鲍　照

　　吾自发寒雨，全行日少。加秋潦浩汗，山溪猥至，渡溯无边，险径游历，栈石星饭，结荷水宿①。旅客贫辛，波路壮阔。始以今日食时，仅及大雷。涂登千里，日逾十晨。严霜惨节，悲风断肌，去亲为客，如何如何。向因涉顿，凭观川陆，遨神清渚，流睇方曛②。东顾五洲之隔，西眺九派之分③，窥地门④之绝景，望天际之孤云。长图大念，隐心者久矣。南则积山万状，负气争高，含霞饮景，参差代雄，凌跨长陇，前后相属，带天有匝，横地无穷⑤。东则砥原远隰，亡端靡际，寒蓬夕卷，古树云平，旋风四起，思鸟群归，静听无闻，极视不见。北则陂池潜演⑥，湖脉通连，苎蒿攸积，菰芦所繁，栖波之鸟，水化之虫，智吞愚，强捕小，号噪惊聒，纷乎其中。西则回江永指，长波天合，滔滔何穷，漫漫安竭？创古迄今，舳舻相接。思尽波涛，悲满潭壑。烟归八表，终为野尘。而是注集，长写不测，修灵浩荡，知其何故哉。西南望庐山，又特惊异。基献江潮⑦，峰与辰汉连接。上常积云霞，雕锦缛。若华⑧夕曜，岩泽气通，传明散彩，赫似绛天。左右青霭，表里紫霄。从岭而上，气尽金光，半山以下，纯为黛色。信可以神居帝郊，镇控湘汉者也。若漱⑨洞所积，溪壑所射，鼓怒之所豗击，涌溴之所宕涤⑩，则上穷获浦，下至狶洲⑪；南薄燕辰，北极雷淀⑫，削长埤短，可数百里。其中腾波触天，高浪灌日，吞吐百川，写泄万壑。轻烟不流，华鼎振渣⑬。弱草朱靡⑭，洪涟陇蹙⑮，散涣长惊，电透箭疾，穿溢⑯崩聚，坻⑰飞岭覆，回沫冠山，奔涛空谷。磈⑱石为之摧碎，碕岸为之齑落⑲。仰视大火⑳，俯听波声，愁魄胁息，心惊慓矣㉑。至于繁化殊育，诡质怪章，则有江鹅海鸭，鱼鲛水虎之类，豚首象鼻，芒须针尾之族，石蟹土蚌，燕箕雀蛤之俦，拆甲曲牙，逆鳞返舌之属㉒，掩沙涨，被草渚，浴雨排风，吹涝弄翮。夕景欲沈，晓雾将合，孤鹤寒啸，游鸿远吟，樵苏一叹，舟子再泣，诚足悲忧，不可说也。风吹雷飙，夜戒前路，下弦内外，望达所届。寒暑难适，汝专自慎。夙夜戒护，勿我为念。恐欲知之，聊书所睹。临涂㉓草蹙，辞意不周。

注释

①栈石星饭：夜间进食于栈道间。结荷水宿：铺垫荷叶，夜宿水滨。

②方曛（xūn）：日暮。

③五洲：钱仲联先生以为是五湖。九派：据《浔阳记》，长江至九江，有九水注之，故称九派。

④地门：《河图括地象》曰：“武关山为地门，上与天齐。”

⑤带天有匝，横地无穷：比喻山势环抱，连绵不绝。

⑥潜演：指伏流之水。

⑦基献江潮：一作“基压江潮”，指庐山枕大江之畔，山底压江潮也。

⑧若华：《山海经·大荒北经》载，日入处有若木。此处指夕照。

⑨漎（cōng）：小水入大水。

⑩歴（huī）：撞击。澓（fú）：水回流。

⑪狶（xī）洲：野猪出没之地。

⑫辰（pài）：同“派”，水的支流。淀：冲击之地。燕辰、雷淀：疑皆是地名。

⑬华鼎振浯（tà）：湖水浪花翻腾，似水在鼎中沸腾。

⑭弱草朱靡：草被水淹，枝干倒伏。

⑮洪涟陇蹙：比喻大波相逐，群山相凑。

⑯穹溢：大浪。

⑰坻：小渚。

⑱磶：同"砧"，捣衣石。

⑲碕岸：曲岸。斋（jī）：粉碎。

⑳大火：星名。

㉑胁息：敛缩气息，表示恐惧。慄：急。

㉒拆甲：鳖。曲牙：未详。逆鳞：龙。返舌：蛤蟆。

㉓涂：同"途"。

延伸阅读

《登大雷岸与妹书》是鲍照写给妹妹鲍令晖的一封家书。宋文帝元嘉十六年（439年），临川王刘义庆出镇江州，鲍照到江州任职途中，给鲍令晖写了这篇优美的骈文作为书信。鲍照绘声绘色地描写沿途风景，同时也写了离家的思绪和路上的劳顿，以及对妹妹的叮嘱与关切，具有浓厚的抒情意味。

鲍照（412年—466年），字明远，东海郡（今属山东省临沂市）人，是我国南朝宋杰出的文学家、诗人。元嘉中，刘义庆"招聚文学之士，近远必至"，鲍照因辞章之美被引为"佐史国臣"。大明五年（461年）出任前军参军，故世称"鲍参军"。鲍照文学成就很高，与颜延之、谢灵运合称"元嘉三大家"，有《鲍参军集》传世。他的创作以诗为主，在我国诗歌发展史上具有重要地位，尤其是乐府诗，被称为"上挽曹、刘之逸步，下开李、杜之先鞭"。他的诗直接继承了建安传统，对后世李白、岑参、高适、杜甫有较大影响。鲍令晖是鲍照唯一的妹妹，是南朝宋、齐两代唯一留下作品的女作家。钟嵘《诗品》说："令晖歌诗，往往崭绝清巧。《拟古》尤胜，唯《百愿》淫矣。"鲍令晖曾有《香茗赋集》刊行于世，今已散佚，仅存诗七首。鲍令晖的诗才不如鲍照，不过，鲍照却对宋武帝说："臣妹才自亚于左棻，臣才不及左思。"（《诗品》下卷）把鲍令晖与西晋作家左思的妹妹左棻并提，并为有这样的妹妹而骄傲。古代女子有才华的极少，似左棻和鲍令晖这样的已很少见。鲍令晖的诗作拟古而创新，结思巧妙而又纯厚，很有特色。

鲍氏兄妹出身寒微，在那个门阀森严的时代很难出头。而鲍照胸怀大志，史载，他曾向刘义庆毛遂自荐，但没有被重用。他又准备献诗言志。有人说："郎位尚卑，不可轻忤大王。"鲍照大怒："千载上有英才异士沉没而不可闻者，岂可数哉！大丈夫岂可遂蕴智能，使兰艾不辨，终日碌碌与燕雀相随乎？"后来，终得赏识。但在等级森严的社会里，他始终是"下僚"。鲍照家里，人丁单薄，父亲早逝，母亲教导兄妹两人互相照顾之理。后母亲去世，只有兄妹二人朝夕相伴，一起学习，互相监督，共同进步。二人都成为我国历史上有名的文学家。他们因此感情深厚。不仅这篇《登大雷岸与妹书》深情绵绵，都很有才情的二人还用诗文互相赠答，以寄相思。从中可以看出二人在生活中互相依靠，是彼此的心灵支柱。

鲍照的《代东门行》写道："离声断客情，宾御皆涕零。涕零心断绝，将去复还诀。"可以想见，鲍照每次出门，妹妹满脸泪痕相送。那么，当他"栈石星饭，结荷水宿，旅客贫辛，波路壮阔"，来到大雷池边，思乡之情更为浓郁，对妹妹的怀念更为急迫，于是与就了《登大雷岸与妹书》，详细地向鲍令晖诉说了旅途的所见所闻，并告诉妹妹："寒暑难适，汝专自慎，夙夜戒护，勿为我念。"鲍令晖留下来的七首诗中，就有"游用暮冬尽，除春待君还""桂吐两三枝，兰开四五叶。是时君不归，春风徒笑妾"等怀念哥哥等在外亲人的诗句。而这种怀念之情用诗歌的语言表现得绮丽而庄重，蕴藉又明快，淡雅而浑朴。

鲍令晖比鲍照先去世。当鲍照得知噩耗时，回顾平生"孤苦风雨"，只有鲍令晖与自己"天伦同气"，现在失去妹妹，又"存没永诀，不获计见"，"私怀感恨，情痛兼深"（《请假启又》）。他请假在家，悲伤难抑，于是写下《伤逝赋》，悼念妹妹，感人肺腑，催人泪下。

鲍氏兄妹情谊深厚，这篇《登大雷岸与妹书》也反映了这一点。这封信在六朝人书信中颇具特色。因为，六朝人的书信，凡是写给地位较尊贵和一般朋友的信，大都用华丽的骈文，而写给家人的信，则是用接近口语的散文。而鲍照却用这样优美的骈文给妹妹写家书。这封书信遣词古奥，文气雄浑，在骈俪中带有汉赋的清刚。文中描写旅途所见奇景，极为生动，同时与抒情结合，有人生无常和山川永久之思，发人深省。而鲍照之所以会把书信写得这么美，当然与妹妹鲍令晖的才情很有关系，试想一个才思平平的人，又怎么能欣赏这样的文字，理解鲍照的深刻用意呢？鲍照在此文中展现的卓越才情和委婉心曲，也只有怀有不同于常人的文学才华和欣赏水平的妹妹鲍令晖才能真正读懂吧。文中饱含鲍照对妹妹的深情关切和尊重喜爱，兄妹二人的浓郁情感也溢满纸间。

这封书信，后人评价极高。清人彭兆荪说此文"古秀在骨"，驰名古今的《与朱元思书》也比不上它。吴汝纶评此文："奇崛警绝，前无此体，明远创为之。"清词人谭献云："矫厉奇工，足与《行路难》（注：鲍照的诗歌代表作）并美。""孝悌"是中华民族的传统美德，"孝"是孝敬父母，"悌"是兄弟姐妹友爱。鲍氏兄妹就是"悌"的典范。在今天，我们欣赏这封优美的书信时，更应该学习鲍氏兄妹互相关爱、携手进步的美好家风和兄妹之谊。

告诸子及弟侄

范仲淹

（一）

　　吾贫时，与汝母养吾亲，汝母躬执爨①，而吾亲甘旨②未尝充③也。今得厚禄，欲以养亲，亲不在矣。汝母已早世④，吾所最恨者，忍令若曹⑤享富贵之乐也。

　　吾吴中宗族甚众，与吾固⑥有亲疏，然以吾祖宗视之，则均是子孙，固无亲疏也。苟祖宗之意无亲疏，则饥寒者吾安得不恤⑦也。自祖宗来，积德百余年，而始发⑧于吾，得至大官，若独享富贵而不恤宗族，异日⑨何以见祖宗于地下，今何颜以入家庙乎？

　　京师交游，慎于高论，不同当言责之地。且温习文字，清心洁行，以自树立平生之称。当见大节，不必窃论曲直，取小名招大悔矣。

　　京师少往还，凡见利处，便须思患。老夫屡经风波，惟能忍穷，固得免祸。大参到任，必受知⑩也。为勤学奉公，勿忧前路。慎勿作书求人荐拔，但自充实为妙。将就大对⑪，诚吾道之风采，宜谦下竞畏，以副⑫士望。

　　青春何苦多病，岂不以摄生为意耶？门才起立，宗族未受赐，有文学称，亦未为国家用，岂肯循常人之情，轻其身泪⑬其志哉！

（二）

　　贤弟请宽心将息，虽清贫，但身安为重。家间苦淡，士之常也，省去冗口⑭可矣。请多着工夫看道书⑮，见寿而康者，问其所以⑯，则有所得矣。

　　汝守官处小心不得欺事⑰，与同官⑱和睦多礼，有事只与同官议，莫与公人⑲商量，莫纵乡亲来部下兴贩⑳，自家且一向清心做官，莫营私利。当看老叔自来如何，还曾营私否？自家好，家门各为好事，以光祖宗。

注释

①躬执爨（cuàn）：亲自烧火煮饭。

②甘旨：美味的食物。

③充：这里指生活富裕。

④早世：早逝，过早地死去。

⑤若曹：代词，你们。

⑥固：本来，原本。

⑦恤：体恤，照顾。

⑧发：兴起，产生。

⑨异日：他日。

⑩受知：受到赏识。

⑪大对：殿试。

⑫副：相称，符合。

⑬汩：沉没。

⑭冗口：多余的人口，这里指仆人随从之类。

⑮道书：道家养生之书。

⑯问其所以：询问那些长寿而健康的人使用了什么方法。

⑰欺事：轻慢世事，这里指不负职责。

⑱同官：在同一官署任职的人，同僚。

⑲公人：衙门里的差役。

⑳兴贩：经商贩卖，做生意。

延伸阅读

这篇《告诸子及弟侄》，我们选了范仲淹给儿子和弟侄的书信两则，以见其家教之一斑。信中所述都是日常琐事，但点滴中亦可窥见作者博大的胸襟和范氏严谨的家风。他告诫子侄不能享富贵之乐，要安于清贫，要体恤照顾宗族中的人；平时要谨言慎行，为官清正。范仲淹身居高位，却常能顾念宗族中的贫苦之人。告诉后辈泰然处贫苦，是成大器必需的品质。

范仲淹（989年—1052年），字希文，苏州吴县（今属江苏省苏州市）人，是北宋杰出的政治家、思想家、文学家。他苦读及第，历任兴化县令、陈州通判、苏州知州等职，曾戍防西北，后出任参知政事，实施"庆历新政"，谥号"文正"，世称范文正公。范仲淹"先天下之忧而忧，后天下之乐而乐"，以天下为己任。一生多次犯颜直谏，因而经常被贬。好友梅尧臣写《灵乌赋》劝他少管闲事，他却表示"宁鸣而死，不默而生"。"庆历新政"虽然只有一年，却开了北宋改革风气，为王安石变法奠定了基础。他戍守西北边疆，为边境赢得了和平。在地方为官期间办学兴利，治绩突出。他传道授业，悉心培养选拔人才。他不仅政绩卓著，在文学上也有很大成就，在散文、诗歌、词的创作上都有名篇佳作，影响文坛。王安石称他"一世之师，由初起终，名节无疵"。清代大学士纪晓岚赞他："行求无愧于圣贤，学求有济于天下，古之所谓大儒者，有体有用，不过如此。"

取得如此成就的范仲淹，却一生俭朴，不营私利。他两岁丧父，母亲改嫁。他幼时家境贫寒，曾寄居醴泉寺读书。经常在晚上煮一锅粥，第二天粥凝固，他起床后用刀划成四块，然后早晚各吃两块，作料只有醋、盐和几个蒜。这就是"断齑画粥"的故事。三年这样的生活让他一生不求享乐。后来，范仲淹做了参知政事，仍然节俭朴素。

　　在这封给子侄的书信中，他就以母亲和婶婶的贫苦生活告诫他们不能享富贵，"忍令若曹享富贵之乐也"。要安于清贫，并把多余的钱用来周济亲友。虽然自家富裕了，但亲族中的"饥寒者"，"吾安得不恤"。他的儿子范纯仁成亲之前，想着父亲是朝中大员，娶亲又是大事，要办得隆重一些。于是列了婚礼物品清单给父亲看。结果，范仲淹很不高兴，说，用这么多东西，太过分了。他又用自己少时的艰苦日子启发儿子，并说儿子们从小都没吃过苦，担心他们不能承继勤俭家风。范纯仁明白了父亲的苦心，高兴地简单办了婚事。有一次，范仲淹让范纯仁运小麦至四川。途中碰见朋友石曼卿，得知石曼卿亲人去世，又无力运柩返乡，就把一船麦子都送给了他。范纯仁回去没敢说。后来范仲淹问他在路上是否遇到熟人，他说，在丹阳遇到了石曼卿，他因亲人去世被困在那里。范仲淹马上说，你怎么不把麦子送给他呢？对儿子送麦子一事大加赞赏。

　　范仲淹还要求后辈勤学苦读，廉洁奉公。他在给哥哥范仲温的一封家书中说，让两个侄儿"须令苦学，勿使因循。须候有事业成人，方与恩泽文字"。虽然有权利为两个侄儿向朝廷请求官职，他还是要求他们必须学业有成。他也给侄子写信说："汝等但小心，有乡曲之誉，可以理民，可以守廉者，方敢奏荐。"只有他们在乡亲们中有了好的声誉，才可能获得自己的推荐。本文中说："为勤学奉公，勿忧前路。慎勿作书求人荐拔，但自充实为妙。"不要总想着求别人推荐，而是要充实自己的学问、才能。后来，侄子们为官之后，范仲淹又反复叮咛，如本文所说："汝守官处小心，不得欺事。与同官和睦多礼，有事只同官议，莫与公人商量。莫纵乡亲来部下兴贩，自家且一向清心做官，莫营私利。汝看老叔自来如何，还曾营私否？自家好家门，各为好事，以光祖宗。"

　　在范仲淹的言传身教下，他的几个儿子在修身和学问上都有所成。长子范纯祐，"尚节行"。"方十岁，能读诸书；为文章，籍籍有称。文正公守苏州，首建郡学，聘胡瑗为师。瑗立学规良密，生徒数百，多不率教，文正患之。"当时，范纯祐尚未成年，他主动入学，是学生中最小的，但各方面都能按照老师的要求做，因此感化了同学们，苏州郡学得以发展，成为地方学校的榜样。他也曾随父守边，身先士卒，屡立战功。次子范纯仁，官至参知政事，为人谦逊温和，正直宽恕，廉洁正直。但在道义面前毫不畏缩，像父亲一样犯颜直谏，无私为公。他说：只有俭朴可助人廉洁，只有宽恕可成就德行。他也像父亲一样，把多余的钱资助"义庄"，帮助族人。史家说他"位过其父而有父风"。三子范纯礼历任京西转运副使、江淮荆浙等路发运使、礼部尚书，官至左朝议大夫，沉毅刚正，为政宽仁。四子范纯粹历任知州，加龙图阁直学士，沉毅有干略。

《告诸子及弟侄》中还教育子侄们交游要"慎于高论"，"清心洁行，以自树立平生之称"。范仲淹不仅留下了很多立身传家的家书，还有广为流传的《家训百字铭》《训子弟语》都是范氏家族的家规典范。范仲淹之后，范氏家族绵延不绝八百余年，以至今日。正像范仲淹对东汉隐士严子陵的评价，他和他的家风影响也可谓是"云山苍苍，江水泱泱，先生之风，山高水长"（范仲淹《严先生祠堂记》）。

与长子受之

朱　熹

　　早晚受业请益，随众例不得怠慢。日间思索有疑，用册子随手札记，候见质问①，不得放过。所闻诲语，归安下处，思省切要之言，逐日札记，归日要看。见好文字，录取归来。不得自擅出入，与人往还。初到，问先生有合见者见之，不合者则不必往。人来相见，亦启禀然后往报之，此外不得出入一步。

　　居处须是居敬，不得倨肆惰慢②。言语须要谛当，不得戏笑喧哗。凡事谦恭，不得尚气凌人，自取耻辱。

　　不得饮酒，荒思废业③，亦恐言语差错，失己忤人④，尤当深戒。不可言人过恶，及说人家长短是非。有来告者，亦勿酬答。于先生之前，尤不可说同学之短。

　　交游之间，尤当审择⑤，虽是同学，亦不可无亲疏之辨。此皆当请于先生，听其所教。大凡敦厚忠信，能言吾过者，益友也；其谄谀轻薄，傲慢亵狎，导人为恶者，损友也。推此求之，亦自合见得五七分，更问以审之，百无所失矣。但恐志趣卑凡，不能克己从善，则益者不期⑥疏而日远，损者不期近而日亲。此须痛加检点而矫革⑦之，不可荏苒渐习，自趋小人之域⑧。如此则虽有贤师长，亦无救拔自家处⑨矣。

　　见人嘉言善行，则敬慕而纪录之。见人好文字胜己者，则借来熟看，或传录之，而咨问之，思与之齐而后已。不拘长少⑩，惟善是取。

　　以上数条，切宜谨守。其所未及，亦可据此推广，大抵只是勤谨二字。

經典家書 33

循之而上，有無限好事。吾雖未敢言，而竊⑪為汝愿之。反之而下，有無限不好事。吾雖不欲言，而未免為汝憂之也。

蓋⑫汝若好學，在家足可讀書作文，講明義理，不待遠離膝下⑬，千里從師。汝既不能如此，即是自不好學，已無可望之理。然今遣⑭汝者，恐汝在家汨⑮於俗務，不得專意⑯，又父子之間，不欲晝夜督責，及無朋友聞見，故令汝一行。汝若到彼，能奮然勇為，力改故習，一味勤謹，則吾猶有望。不然則徒勞費，只與在家一般；他日歸來，又只是舊時伎倆⑰人物。不知汝將何面目歸見父母親戚鄉黨⑱故舊耶？

念之，念之。夙⑲興夜寐，無忝⑳爾所生。在此一行，千萬努力。

注釋

①候見質問：等候見到老師詢問。

②倨肆惰慢：傲慢放肆，懶惰冷淡。

③荒思廢業：精神空虛，荒廢學業。

④失己忤人：損己傷人。

⑤審擇：慎重選擇。

⑥期：想，期望。

⑦矯革：糾正革除。

⑧小人之域：小人的圈子。

⑨處：處境。

⑩長少：年紀大小。

⑪竊：私下，暗自。

⑫蓋：如果。

⑬膝下：代指父母。

⑭遣：打发。

⑮汩：扰乱，搅乱。

⑯专意：专心。

⑰伎俩：本指不正当的手段，这里是说不务正业。

⑱乡党：家乡的人。

⑲夙：早晨。

⑳无忝（tiǎn）：不要辱没。

延伸阅读

这封《与长子受之》是朱熹在长子朱塾（字受之）离家远行求学时写给他的劝导家信。他在文中事无巨细，对儿子的学习、处世，都做了具体的指导；告诫他要努力求学，要好好做人。家信语言浅近，说理透彻，娓娓道来，亲切感人。

朱熹（1130年—1200年），谥文，世称朱文公，字元晦，又字仲晦，号晦庵，晚称晦翁。是我国著名的思想家、理学家、哲学家、教育家、诗人，儒学集大成者，世人尊称他为朱子。朱熹的理学思想对后来的元、明、清影响很大，是官方哲学。朱子读法对后世读书人影响至深，他广开书院，到处讲学，是著名的教育家。南宋著名词人辛弃疾称赞朱熹："所不朽者，垂万世名。孰谓公死，凛凛犹生。"康熙皇帝称朱熹："集大成而绪千百年绝传之学，开愚蒙而立亿万世一定之归。"

朱熹能取得巨大的成就，他的家庭对他有很深的影响。

朱熹的父亲朱松是北宋末年进士，做过著作郎、吏部郎等官，世称吏部郎府君。他曾因反对秦桧议和被贬任江西饶州知州，还没有到任就病逝了。朱松受二程学说影响，与著名学者胡宪、刘勉之、刘子羽等交往，是北宋末年较为知名的理学家。朱松是第一个在泉州安海讲授理学的人,为闽学早期的传承做出了贡献,因此安海有"闽学开宗"之誉。

朱松把大量精力和时间花在了培养朱熹上。朱熹四岁就开始在朱松的指导下读书习字。朱松教授私塾之外,亲自教导儿子。朱松是一位严格的父亲,朱熹回忆"某自帅读四书,甚辛苦"。朱松还教朱熹读《光武纪》,教他爱国。再有天赋的人才,都需要良好的启蒙,朱松做到了这一点,为朱熹的发展奠定根基。朱松在朱熹十三四岁时就病故了,他把儿子托付给好友刘子羽、刘子翚、胡宪、刘勉之等人,并对朱熹说,他们的学问都很深厚,自己很敬畏他们,要朱熹像尊敬父亲一样尊重他们,好好听他们的教导。后来,刘子羽为朱熹母子修筑紫阳楼,供他们居住,照顾他们的生活。朱熹在学业上主要向刘子翚、胡宪、刘勉之三人学习。朱松对朱熹的影响还在讲学上。朱松曾创建了星溪书院和云根书院,开启了当地地方教育的先河,朱熹更将创立书院和授徒讲学作为一生的追求。

在父亲和数位学人悉心教导下成长的朱熹,十分重视对后辈的教育。这篇《与长子受之》就是最好的证明。朱熹作为一代大儒,可以说是当时最有学问的人,为什么要让孩子远离父母家乡,投入别人门下学习呢?"恐汝在家汩于俗务,不得专意,又父子之间,不欲昼夜督责,及无朋友闻见,故令汝一行。"原来他是怕自己对待亲生儿子不忍苛责,不利于他们的学习;同时又觉得儿子在家会被俗务缠身,不能专心读书。另外,出去学习也会增加见闻和朋友。"父母之爱了,则为之计深远。"这样周到的考虑怎能不令人感动呢?

在这封书信中,朱熹教育儿子以"勤谨"为立身行事之本,"循之而上,有无限好事"。

在学习上,他要儿子多记、多问、多思,这三者相辅相成。早晚向老师请益，有疑问记下来，随时问老师；每日记下学习所得，并进行思考。看到好的文字道理，要记录下来。在为人处世上，要谨于起居，不能懒惰。言语要谨慎，谦恭不伤人；同时不得饮酒，怕酒后失言；不能议人长短。在交游方面，要"审择"，向老师求教；要结交有益于自己的朋友，不交损友；要多检点和约束自己，加强自身修养，多吸引益友。同时要敦厚忠信，见善思齐。

朱熹在这里对儿子反复叮嘱，用心良苦，生怕自己不在身边，儿子走上邪路。不仅是长子朱塾，他也把别的儿子送去外地求学。好在儿子们都明白朱熹的良苦用心。朱塾后来担任淮西运使、湖南总领等官职，朱在（朱熹第三子）初任泉州通判，后累升至吏部郎。朱氏后人绵延不绝，代有才人，而朱熹的这封家书也和他的学说一起沾溉后人。

示宪儿

王阳明

幼儿曹^①，听教诲：

勤读书，要孝弟^②；

学谦恭，循^③礼义；

节^④饮食，戒游戏；

毋说谎，毋贪利；

毋任情，毋斗气；

毋责人，但自治。

能下人^⑤，是有志；

能容人，是大器。

凡做人，在心地；

心地好，是良士；

心地恶，是凶类。

譬树果，心是蒂^⑥；

蒂若坏，果必坠。

吾教汝，全在是。

汝谛听^⑦，勿轻弃。

注释

① 幼儿曹：曹，辈、等；幼儿曹，孩子们。

②弟：通"悌"，兄弟友爱。

③循：遵循，遵守。

④节：节制，控制。

⑤下人：在他人之下，居于人之后，对人谦让。

⑥蒂：瓜、果等跟枝、茎相连的部分。

⑦谛听：仔细地听。

延伸阅读

这首《示宪儿》三字诗收录在《王阳明全集·外集二·赣州诗》中，是王阳明写给儿子王正宪的。王正宪是王阳明堂弟王守信的第五子，过继给了王阳明。这首诗采用《三字经》的形式，通俗易懂，和谐押韵，朗朗上口。全诗完全是向孩儿们说话的口气。作为蒙学教材，三字诗的载体适合小孩子诵读，音调和谐铿锵，上口易诵。即使孩子不一定懂得很透，也能启发想象，促进他们求知的欲望。这也是王阳明一贯主张用诗教作为蒙学重要教育手段的原因。

王阳明（1472年—1529年），名守仁，字伯安，世称阳明先生，浙江余姚（今属浙江省宁波市）人，明代著名哲学家、思想家、教育家和军事家，陆王心学的集大成者。弘治十二年（1499年）进士，封新建伯，谥文成。与孔子（儒学创始人）、孟子（儒学集大成者）、朱熹（理学集大成者）并称为孔、孟、朱、王。

王阳明的学说影响深广，远及海外，成就冠绝明代，创姚江学派。更为难得的是他以一介书生，立下了赫赫战功。余秋雨说："中国历史上能文能武的人很多，但在两方面都臻于极致的却寥若晨星。好像一切都要等到王阳明的出现，才能让奇迹真正产生。"王阳明恩威并施，平定为患江西数十年的民变祸乱；在鄱阳湖中仿效赤壁之战，平定宁王朱宸濠之乱；又平定广西的思恩、田州土瑶叛乱和断藤峡盗贼。加之他在文学、书法上都有很高的成就，清代名士王士祺称赞他"立德、立功、立言，皆居绝顶"，为"明第一流人物"。在中国历史上，王阳明是一座丰碑。

然而，据各种记载，王阳明青少年时期却顽劣异常，行事乖张，也曾一度迷惘，精神不知寄托何处，后人曾概括他年轻时的"五溺"：任侠、骑射、辞章、神仙、佛氏。那么，他是怎么转变的呢？又是什么促使了他的转变呢？这就不得不说到他的父亲王华优质的家教。淳正的家风是王阳明取得这样成就的重要因素。

王阳明的父亲王华，从小聪慧，过目不忘，三十六岁时考中状元，而且王华道德高尚，品行纯正。王阳明小时候是个调皮孩子，年少轻狂，父亲没少打骂他。十五岁的时候，因为叛乱四起，他跟父亲说，要直接向皇帝上书，陈述对策，并请皇帝给他"壮卒万人，削平草寇，以靖海内"。父亲一听，怒骂起来："汝病狂耶！书生妄言取死耳。"王阳明被骂之后，不敢违抗父命，老老实实继续刻苦读书。

王华是个好父亲，对儿子在学问与道德方面一直要求严格，但并不禁锢儿子的思想。他为人坦荡真诚，急公好义，且有一副铮铮铁骨，不谄媚。宦官刘瑾专权时，朝中大臣纷纷奔走投靠，而王华却不与他来往。刘瑾素慕王华为人，曾两次派人对王华说，他与王华有旧，王华若能去见他一面，可入阁为相。王华坚持不肯趋附刘瑾。此时王阳明也得罪了刘瑾，父子双双遭殃。王阳明被贬往贵州龙场，王华也被迫致仕，但他回乡后，以读书自娱，侍奉百岁老母，自己虽年已七十，仍行孝于床前，为世人称赞。一直到刘瑾被诛后，王华恢复原官。后来王阳明平定宁王之乱，反遭奸臣诬陷，官府甚至派人到王华家中记录资产房屋等等，一副要抄家的模样，亲朋好友惊恐不已，但王华泰然自若。

父亲的这些美德，都在潜移默化中影响着王阳明。王阳明也像父亲一样对子侄辈多加劝教。这首《示宪儿》就是王阳明对后辈教育的很好体现。《示宪儿》虽然只有短短96字，却几乎涉及做人的方方面面。首先是"勤读书，要孝弟"；其次要明礼谦逊；还要注意节俭，诚实忠厚，心境平和，严于律己，宽以待人，等等。最重要的是要有好的"心地"。王阳明用简短的一首诗表达了自己教育后人的主要内容，所谓"吾教汝，全在是"。他希望正宪以及别的子侄立志求学，以仁爱礼义存于内心，以孝敬父母、爱戴兄长为本，从"心地"开始，培养高尚德行，成为"良士"。王阳明还有不少写给小辈们的家书，如《赣州书示四侄正思等》写道："近闻尔曹学业有进，有司考校，获居前列，吾闻之喜而不寐。此是家门好消息，继吾书香者，在尔辈矣。勉之勉之！吾非徒望尔辈但取青紫荣身肥家，如世俗所尚，以夸市井小儿。尔辈须以仁礼存心，以孝弟为本，以圣贤自期，务在光前裕后，斯可矣。"希望他们以古代圣贤为榜样，为前辈争光，为后代造福。王阳明把勤读书、早立志、学做人、做好人作为家风教育的重中之重。这些书信，字里行间，融入了他对整个家族的谆谆教诲和殷切希望，一起构成了王氏一门的家教家风。

作为"在近代学术界中，极具伟大，军事上、政治上多有很大的勋业"（梁启超语）的大家，王阳明的影响遍及海内外，而他的家书所包含的教育思想也必然影响后人。郭沫若说："王阳明对于教育方面也有他独到的主张，而他的主张与近代进步的教育学说每多一致。"

潍县署中与舍弟墨第二书

郑板桥

余五十二岁始得一子，岂有不爱之理！然爱之必以其道①，虽嬉戏顽耍②，务令忠厚悱恻③，毋为刻急④也。平生最不喜笼中养鸟，我图娱悦，彼在囚牢，何情何理，而必屈物之性以适吾性乎！至于发系蜻蜓，线缚螃蟹，为小儿顽具，不过一时片刻便摺拉⑤而死。夫天地生物，化育劬劳⑥，一蚁一虫，皆本阴阳五行之气，氤氲⑦而出。上帝亦心心爱念。而万物之性人为贵。吾辈竟不能体天之心以为心，万物将何所托命⑧乎？蛇蚖⑨、蜈蚣、豺狼、虎豹，虫之最毒者也，然天既生之，我何得而杀之？若必欲尽杀，天地又何必生？亦惟驱⑩之使远，避之使不相害而已。蜘蛛结网，于人何罪，或谓其夜间咒月，令人墙倾壁倒，遂击杀无遗。此等说话，出于何经何典，而遂以此残物之命，可乎哉？可乎哉？我不在家，儿子便是你管束。要须长⑪其忠厚之情，驱其残忍之性，不得以为犹子⑫而姑纵惜⑬也。家人儿女⑭，总是天地间一般人，当一般爱惜，不可使吾儿凌虐⑮他！凡鱼飧果饼，宜均分散给，大家欢嬉跳跃。若吾儿坐食好物，令家人子远立而望，不得一沾唇齿⑯；其父母见而怜之，无可如何，呼之使去，岂非割心剜肉⑰乎！

夫读书中举中进士作官，此是小事，第一要明理作个好人。可将此书读与郭嫂、饶嫂⑱听，使二妇人知爱子之道在此不在彼也。

（书后又一纸）

所云不得笼中养鸟，而予又未尝不爱鸟，但养之有道耳。欲养鸟莫如多种树，使绕屋数百株，扶疏茂密，为鸟国鸟家。将旦时，睡梦初醒，尚展转在被，听一片啁啾，如《云门》《咸池》^⑲之奏；及披衣而起，颒面^⑳漱口啜茗，见其扬翚振彩^㉑，倏往倏来，目不暇给，固非一笼一羽之乐而已。大率^㉒平生乐处，欲以天地为囿，江汉为池，各适其天，斯为大快。比之盆鱼笼鸟，其钜细仁忍何如也！

注释

①道：方法。全句是说要用正确的方法爱孩子。

②顽耍：犹"玩耍"。

③悱恻：本意为悲苦、凄切；这里是指要有悲悯、怜悯之心。

④刻急：苛刻严峻。

⑤摺拉：摺，犹"折"。摺拉：拉扯折断。

⑥化育劬劳：指天地生长滋养万物很辛苦。

⑦氤氲：形容烟或云气浓郁。

⑧托命：托寄生命。

⑨蚖（wán）：一种毒蛇。

⑩驱：驱赶，赶走。

⑪长（zhǎng）：使……长，这里是涵养，这里是使儿子的忠厚之性更深厚。

⑫犹子：指兄弟的儿子，如同儿子。

⑬姑纵惜：姑且放纵怜惜。

⑭家人儿女：仆役们的儿女。

⑮凌虐：欺负、虐待。

⑯一沾唇齿：沾到嘴唇和牙齿，意思是吃到。

⑰割心剜肉：形容非常痛心、心疼。

⑱郭嫂、饶嫂：指郑板桥的夫人郭氏和饶氏。

⑲《云门》《咸池》：古代乐舞名，相传是黄帝和唐尧时期的。

⑳頮（huì）面：洗脸。

㉑扬翚（huī）振彩：张开五彩缤纷的翅膀飞翔。

㉒大率：大抵，大概。

延伸阅读

　　《潍县署中与舍弟墨第二书》是郑板桥在潍县（今属山东省潍坊市）任知县期间写给弟弟郑墨的书信。在信中，郑板桥与郑墨探讨如何教育孩子的问题。他表示"爱之必以其道"，提出了一些教子的方法，对我们今天都很有启发。

　　郑板桥（1693年—1765年），江苏兴化（今属江苏省泰州市）人，名郑燮，字克柔，号理庵，又号板桥，世称板桥先生，是我国清代著名的书画家、诗人。乾隆元年（1736年）进士。在山东范县、潍县做过县令，颇有政绩，得到百姓爱戴。曾在扬州以卖画为生，是名满天下的江南才子、"扬州八怪"的代表人物。

　　郑板桥的诗书画被称为"三绝"。他的诗歌直抒性情，骨气辞采兼备。在书法上，郑板桥创出了人称"板桥体"的"六分半书"，独树一帜。他的绘画成就很高，一生多画兰、竹、石，因为"四时不谢之兰，百节长青之竹，万古不败之石，千秋不变之人"，这正是他人格的象征。

　　郑板桥的一生非常坎坷，出生时家道已衰落，直到四十余岁才中进士。但正像他的诗书画一样，他性格狷介、坚韧正直，又随性洒脱。他制定《板桥润格》，卖画明码标价，是中国绘画史上第一人。虽是标价，却也不屈权贵，任性而作。崇尚自由不羁的郑板桥为官之时却是吏治清明。他在两任知县上都很有政声，时刻挂心民生，就如他在《潍县署中画竹呈年伯包大中丞括》中所说："衙斋卧听萧萧竹，疑是民间疾苦声。些小吾曹州县吏，一枝一叶总关情。"

郑板桥能有这样的成就和高洁的品德，跟他的家庭教育是分不开的。郑家以郑玄的后人自居，也是书香门第，非常重视读书。郑板桥的曾祖郑新万是庠生，祖父郑湜是儒官。郑板桥出生时家道已经衰落，但是父亲郑之本还是给了他很好的教育。郑之本是廪生，家居授徒，很早就教郑板桥读书，指导他作文习字。郑板桥的生母汪氏端庄聪慧，为人厚道，可惜很早去世。乳母费氏勤劳善良淳朴，给了他无微不至的照顾，对他影响很深。他一生都很尊重下层百姓，对待家仆也特别好。他非常重视对儿子的教育，希望把自己的人生所得都教给儿子。

郑板桥三十岁时已经有二女一子，可惜那时他生活困顿，儿子不幸早夭。一直到五十二岁才又有了儿子郑麟。老来得子，他对儿子非常疼爱，但是却并不溺爱，正如这封家书中所说："五十二岁始得一子，岂有不爱之理！然爱之必以其道。"

郑墨是郑板桥的堂弟，他们兄弟感情很深。因为儿子出生后，郑板桥一直在外为官，儿子就在家里由郑墨和自己的妻子管教。他给郑墨和妻子等写了很多书信，交流儿子的教育问题。

在《潍县署中与舍弟墨第二书》中，郑板桥说的"爱之必以其道"，就像先秦触龙对赵太后的劝诫："父母之爱子，则为之计深远。"就是要从长远考虑，好好教育孩子。郑板桥首先希望儿子成为一个好人。他认为读书中举做官都是"小事"，"第一要明理作个好人"。在家信中，他反复强调要教孩子忠厚，"务令忠厚悱恻"，"长其忠厚之情，驱其残忍之性"。他认为万物有其存在的价值，人不能以自己的喜好来决定它们的命运，不能"屈物之性以适吾性"，要"体天之心以为心"。因此，他认为人是平等的，要儿子尊重农夫和下人，懂得与人分享。"纸笔墨砚，吾家所有，宜不时散给诸同学。""以勤俭忠恕教导犹子，令我后辈洗净骄惰习气，将来不能读书成名，亦不失为勤俭农民矣。""凡鱼飧果饼，宜均分散给，大家欢嬉跳跃。"在儿子童稚时，郑板桥常在家信中抄录"顺口好读"的诗歌，如《悯农》《蚕妇》《咏田家》等让儿子读唱，用心良苦，教孩子重视劳动、重视农人。这种教导子弟明白事理，勤俭忠恕，平等待人，在古代是难能可贵的。

郑板桥非常重视为儿子选择老师。"择师为难，敬师为要。"他认为选择一个德才兼备的合适的教师不容易。仅就为儿子选择老师一事，他与弟弟的书信就有数封，最后选择了既是诗赋专家又能视学生为同胞手足的李荷生。"择师不得不审，既择定矣，便当尊之敬之。"精心择师之外，他还亲自教导儿子读书。他要儿子读书持之以恒："读书宜勤勿懒，看书宜细心有恒。"读书要切合实用："观看《史记》颇切实用。"他还为儿子制定了五条"力学之道"："一、每日读书十页，宜熟读背诵。二、每日宜读生书五页，质钝者减半。三、每晨习大字一百，午后习小楷一百。四、每日记日记一页，宜有恒心。五、刚日讲经，柔日讲史，须随时摘录心得。"这里有计划有方法，可谓至纤至细。他还教导儿子循序渐进、博精结合、切戒骄傲等，而且他总是循循善诱，平等相待，用自己的亲身经历来感化孩子。

除重视学业之外，郑板桥还希望儿子有强健的身体："学优而身强，便是振兴之象。""惟有养生与力学并行，庶几可保强健学问可期长进也。"他也为儿子制定了五条"养生之道"："一、黎明即起，吃白粥一碗，不用粥菜。二、饭后散步，以千步为率。三、默坐有定时，每日于散学后静坐片刻。四、遇事物勿恼怒。五、睡后勿思想。"这种动静结合、兼顾休息的

"养生之道"，从现在看，也是很科学的。他还让人叫儿子"学稼学圃"，读书与学农相结合。

郑板桥在这封家书中提倡的要顺从孩子天性进行教育的思想在今天仍有积极的启发意义；他教孩子"第一要明理作个好人"，也是值得我们继承的。郑板桥一生可说并不顺遂，颠沛坎坷，妻子早丧，但他经受住了各种打击，仍像他笔下的兰竹石一般高洁、劲挺、坚强，并把他的精神品质传给了后代子女。我们更是可以从中学得做人做事的真谛。

致诸弟·述求学之方法（节选）

曾国藩

四位老弟①足下：

九弟行程，计此时可以到家。自任邱发信之后，至今未接到第二封信，不胜悬悬，不知道上不甚艰险否？四弟、六弟院试②，计此时应已有信，而折差③久不见来，实深悬望④。

……

九弟归去之后，予定刚日读经、柔日读史之法⑤。读经常懒散不沉着。读《后汉书》，现已丹笔点过八本，虽全不记忆，而较之去年读《前汉书》，领会较深。九月十一日起，同人课议每课一文一诗，即于本日申刻用白折写。予文诗极为同课人所赞赏，然予于八股绝无实学，虽感诸君奖许之殷，实则自愧愈深也。待下次折差来，可付课文数篇回家。

……

予尝谓天下万事万理皆出于乾坤二卦，即以作字论之：纯以神行，大气鼓荡，脉络周通，潜心内转，此乾道也；结构精巧，向背有法，修短合度，此坤道也。凡乾以神气言，凡坤以形质言。礼乐不可斯须⑥去身，即此道也。乐本于乾，礼本于坤。作字而优游自得，真力弥满者，即乐之意也；丝丝入扣转折合法者，即礼之意也。……

写至此，接得家书，知四弟六弟未得入学，怅怅然。科名有无、迟早，总由前定，丝毫不能勉强。吾辈读书，只有两事：一者进德之事，讲求乎诚正修齐⑦之道，以图无忝⑧所生；一者修业之事，操习乎记诵词章之术，以图自卫其身。进德之事，难以尽言；至于修业以卫身，吾请言之。

卫身莫大于谋食。农工商，劳力以求食者也；士，劳心以求食者也。故或食禄于朝，或教授于乡，或为传食之客，或为入幕之宾⑨，皆须计其所业，足以得食而无愧。科名⑩者，食禄之阶也，亦须计吾所业，将来不至尸位素餐⑪，而后得科名而无愧。食之得不得，穷通⑫由天作主，予夺由人作主，业之精不精则由我作主，然吾未见业果精而终不得食者也。农果力耕，虽有饥馑，必有丰年；商果积货，虽有壅滞，必有通时；士果能精其业，安见其终不得科名哉？即终不得科名，又岂无他途可以求食者哉？然则特患业之不精耳。

求业之精，别无他法，曰专而已矣。谚曰："艺多不养身。"谓不专也。吾掘井多而无泉可饮，不专之咎也。诸弟总须力图专业，如九弟志在习字，亦不必尽废他业，但每日习字工夫，断不可不提起精神，随时随事，皆可触悟。四弟六弟，吾不知其心有专嗜⑬否？若志在穷经，则须专守一经；志在作制义⑭，则须专看一家文稿；志在作古文，则须专看一家文集；作各体诗亦然；作试帖亦然。万不可以兼营并骛⑮，兼营则必一无所能矣，切嘱切嘱！千万千万！

此后写信来，诸弟各有专守之业，务须写明，且须详问极言，长篇累牍，使我读其手书，即可知其志向识见。凡专一业之人，必有心得，亦必有疑义。诸弟有心得，可以告我共赏之；有疑义，可以问我共析之。且书信既详，则四千里外之兄弟，不啻晤言一室⑯，乐何如乎？

予生平伦常中，惟兄弟一伦抱愧尤深。盖父亲以其所知者尽以教我，而我不能以吾所知者尽教诸弟，是不孝之大者也。九弟在京年余，进益无多，每一念及，无地自容。嗣后我写诸弟信，总用此格纸，弟宜存留，每年装订成册，其中好处，万不可忽略看过。诸弟写信寄我，亦须用一色格纸，以便

经典家书　　49

装订。……

兄国藩手具

注释

①四位老弟：指曾国藩的四个弟弟：曾国潢、曾国华、曾国荃、曾国葆。文中所称为弟弟们在家族中的排行。

②院试：为了取得参加正式科举考试的资格先要参加的一种考试，童试之一。考取者称生员，俗称秀才（茂才）或相公。

③折差：古时称专为地方官送奏折到京城的驿卒为折弁，折差即折弁。他们在办公差的时候，顺便为在京城做官的人传递家信。

④悬望：盼望，挂念。

⑤刚日：指单日。柔日：指偶日。

⑥斯须：些许时间。

⑦诚正修齐：诚意、正心、修身、齐家。见《中庸》。

⑧无忝：无辱。

⑨传食之客：名士官宦所养之食客。入幕之宾：指居高官显爵之位者的幕僚。

⑩科名：通过科举考试而获取功名。

⑪尸位素餐：徒居其位，不谋其事。

⑫穷通：困厄与显达。

⑬专嗜：专一的嗜好。

⑭穷经：研习所有儒家经典著作。制义：为应付科举考试而作的八股文章。

⑮并鹜：同时兼顾。

⑯不啻：不止，不但，不异于。晤言：当面讲话。

延伸阅读

这封《致诸弟·述求学之方法》是曾国藩在道光二十二年（1842年）九月十八日写给弟弟们的平常的家书。此时的曾国藩还只是一名小小的翰林院检讨，也只有三十出头。他在这封家书中向弟弟们述说自己读书的情况，同时指导他们立志求学，要求他们有所专长，并向自己汇报学习所得。像这样的家书，曾国藩留存下来的有1500封左右。其中有写给兄弟们的，还有写给儿女们的。曾国藩家书中的内容极为广泛，不仅是对家人的劝教，更是他一生治政、治家、治学之道的生动记录。家书行文自由，挥笔自如，平淡亲切中含有真知良言，有潜移默化之功，说服力和感染力很强。不仅对曾国藩家人、后代，而且对广大的国人都产生了深远的影响。

曾国藩（1811年—1872年），初名子城，字伯涵，号涤生，湖南湘乡县（今属湖南省湘乡市）人，是晚清著名政治家、战略家、理学家、文学家，"晚清中兴四大名臣"之一。他是一个争议很大的人物，如章太炎说："曾国藩者，誉之则为圣贤，谳之则为元凶。"我们不谈政治上的功过，他在道德文章、才能修身方面可谓是"立德、立功、立言三不朽，所成就震古烁今而莫与京者"（梁启超语）。毛泽东也说："予于近人，独服曾文正。"曾国藩以他的卓越才能奠定了曾氏一门人才辈出、数代无一败家子的良好家风。

曾家是从曾国藩的祖父曾玉屏开始兴起的。曾玉屏注重持家，让儿子读书。虽然曾国藩的父亲曾麟书仅中过秀才，但他教育孩子们读书是为了报国，为了做明理君子。曾国藩后来在给四弟的信中总结祖父的治家八字：书（读书）、蔬（蔬菜）、鱼（养鱼）、猪（养猪）、早（起早）、扫（扫屋）、考（敬奉祖先）、宝（待人接物一团和气）。曾玉屏还有三不信：不信医药（没有医术的"游医"）、不信僧巫（和尚、巫婆、道士等）、不信地仙（风水先生等）。

　　曾国藩继承先人的作风，更注重教导诸弟和子女。作为家中的长子，又比最大的弟弟还大了十岁，长兄如父，他早早地就担起了教导诸弟的责任。在外做官的日子里，他经常写信给弟弟们教导他们读书方法，做人道理。《致诸弟·述求学之方法》就用平实的语言、亲切的口吻，细细地向弟弟们讲述自己的求学心得，指导他们读书做人之法。他提出读书的两大目的是"进德"和"修业"。"进德"就是讲求自身道德品质的培养，做到"诚正修齐"。"修业"则是要有一技之长，能够养家糊口。他还告诉弟弟们求学需要专精，不能贪多，要把自己的"专"业学深学透，有所得，能立身。信中还提到诸多细节，比如曾国藩准备给弟弟们寄去自己的文章以便参考，要弟弟们把自己学习所得和疑惑，写信与自己交流，而信要用统一的信纸，以便装订。这些都体现了作为兄长的良苦用心。此外，在别的诸多家信中，曾国藩还告诉他们学业宜精，立志要有恒，要勤劳节俭，要谦虚，戒骄横之心，要以耕读为本，要懂得家庭和睦，等等。这些深深地影响了诸弟。他的四弟曾国潢因为天分不高，在科举上不顺利，而留在家里持家务农，孝顺长辈，悉心教育后辈，得到了曾国藩的称赞和感谢。他的九弟曾国荃是湘军重要将领之一，因为善于挖壕围城被称为"曾铁桶"。

　　曾国藩对儿子的教育，不是像一般人那样只是希望他们做官扬名。他在咸丰六年（1856年）九月二十九日写给九岁的曾纪鸿的信中说："凡人多望子孙为大官，余不愿为大官，但愿为读书明理之君子。勤俭自持，习劳习苦，可以处乐，可以处约。此君子也。"他希望子孙做有学问明理的君子，并且提出了君子的标准：勤劳节俭、自我修炼、吃苦耐劳，可以过优裕的生活，也能过艰难的日子。他还告诫儿子们不能走后门。曾纪鸿中秀才后，数次科举都未能中举，他说"纪鸿之文，万无中举之理"，没有靠自己的关系为儿子谋得功名。后来他的儿子曾纪泽成为晚清著名政治家、外交家，曾纪鸿成了著名的数学家。

曾国藩的后人都很注意家风的传承。他的女儿曾纪芬（晚号崇德老人）曾口述《廉俭救国说》，将曾国藩对勤俭的要求上升到与救国相关的高度。他的儿媳郭筠是一个饱读诗书的开明女子，制定了六条"富厚堂日程"，对曾氏门风影响很大。

古语说："君子之泽，三世而斩。"俗语说："富不过三代。"但曾氏一族，自曾国藩之后，至今已八九代，人才辈出，遍及全球。这与良好的家风密不可分。而曾国藩在这其中起到了关键的作用，他的治家修身之道又多体现在"曾国藩家书"中。后人也多从家书中学习他的治学立德之法，影响至深。

传世家训

中国家训文化源远流长，最早可追溯至先秦时期。周文王遗命周武王的《保训》是目前发现的中国有文字记载的最早的帝王家训，而周公旦则是家训文化的真正开创者，他的《诫伯禽书》是中国传统家训的起点，在此之后，"家训"才逐渐流传开来，并形成一种固定的文化传统。

秦汉以后，大量有关家训的文本文献开始出现，家训的内容也渐次丰富，一些后世沿用的家训概念、家教理论也在这一时期出现和确立，并在两晋南北朝时期臻于完善。这一时期流传出许多优秀家训名篇，如西汉太史令司马谈的家训《命子迁》，以及被历代奉为家训典范的《颜氏家训》。

隋唐和宋元时期，家训文化持续发展，蔚为壮观，这其中又以士大夫家训为盛，流传后世的名篇有欧阳修的《诲学说》、司马光的《家范》、黄庭坚的《家诫》等。

明清两代家训文化发展至巅峰，撰写家训风气炽盛，上至帝王将相，下至平民百姓均热衷于家训的创作。明清家训合前人家训的精华，集传统家训之大成，不仅在数量上超过了以往，内容也更加丰富。传世之作有袁黄的《了凡四训》、姚舜牧的《药言》、朱柏庐的《治家格言》、"样式雷"的《雷氏家训》等。但从清代后期开始，家训创作便盛极而衰了。

命子迁

司马谈

余先周室之太史也。自上世尝显功名于虞夏，典天官事①。后世中衰，绝于予乎？汝复为太史，则续吾祖矣。今天子接千岁之统，封泰山，而余不得从行，是命也夫，命也夫！余死，汝必为太史；为太史，无忘吾所欲论著矣。且夫孝始于事亲，中于事君，终于立身。扬名于后世，以显父母，此孝之大者。夫天下称诵周公，言其能论歌文武之德，宣周邵之风②，达太王王季之思虑③，爰及公刘，以尊后稷也④。幽厉之后，王道缺，礼乐衰，孔子修旧起废，论诗书，作春秋，则学者至今则之⑤。自获麟⑥以来四百有馀岁，而诸侯相兼，史记放绝。今汉兴，海内一统，明主贤君忠臣死义之士，余为太史而弗论载，废天下之史文，余甚惧焉，汝其念哉！

注释

①典天官事：执掌天文之事。典：主持、掌管。

②宣周邵之风：宣扬周、邵的风尚。周邵：即周地和邵地，邵也写作"召"，分别是周公和召公（一作"邵公"）的封地，这一地区属于王畿之地，周邵之风被认为是正始之道、王化之基。

③达太王王季之思虑：通晓太王、王季的思虑。

④爰及公刘，以尊后稷也：乃至于公刘的功业，并尊崇始祖后稷。

⑤学者至今则之：学者至今以之为准则。则之：以……为准则。

⑥获麟：这里指春秋时期鲁哀公十四年猎获麒麟事。孔子在《春

秋·哀公十四年》中记载此事："春，西狩获麟。" 相传孔子因此事而落泪，哀叹"吾道穷矣"，于是《春秋》至此而绝笔。麒麟在古代被视为祥瑞，杜预注曰："麟者仁兽，圣王之嘉瑞也。时无明王出而遇获，仲尼伤周道之不兴，感嘉瑞之无应，故因《鲁春秋》而修中兴之教。绝笔于'获麟'之一句，所感而作，固所以为终也。" 后世常以"获麟"来喻指著作绝笔。

延伸阅读

《命子迁》是西汉伟大的史学家司马迁的父亲司马谈的遗训。西汉元封元年（前110年）汉武帝东巡至泰山，在山上举行祭祀天地的典礼，史称"封禅大典"。时任太史令的司马谈因病留在洛阳，未能从行，深感遗憾，于是抑郁愤恨而死。临终前，他深感史书不传，自己的使命没有达成，于是给儿子司马迁留下遗言，希望他能在自己去世后接任太史令一职，继续撰写史书，完成他未竟的事业。他叮嘱儿子，子承父业，立身扬名，"此孝之大者"。

司马谈（约前165年—前110年），夏阳（今属陕西韩城市）人。汉初享五大夫爵，建元、元封年间任太史令，通称太史公。他有广博的学问修养，曾"学天官于唐都，受易于杨何，习道论于黄子"。又曾为文《论六家之要旨》。

司马谈在《命子迁》中告诫儿子司马迁："为太史，无忘吾所欲论著矣"，"孝始于事亲，中于事君，终于立身。扬名于后世，以显父母，此孝之大者"，"孔子修旧起废，论诗书，作春秋，则学者至今则之"，"余为太史而弗论载，废天下之史文，余甚惧焉"。写史记实，踵武前贤，于私，是立身扬名，为父母尽孝；于公，是史官的使命与责任，是忠君爱国的大事。他的价值观中传达出鲜明的儒道精神。

司马谈去世后，司马迁没有辜负父亲的期待，三年后，承袭父职，成为新一代的太史公，并最终撰写出了中国第一部纪传体通史巨著——《史记》，位列"二十五史"之首，被公认为中国史书的典范。在撰写《史记》的过程中，司马迁因为李陵求情而触怒汉武帝，被处以惨无人道的宫刑，身心受到巨大的摧残。但他仍以非凡的毅力坚持完成《史记》的创作。在著名的《报任安书》中，他说道："盖文王拘而演《周易》；仲尼厄而作《春秋》；屈原放逐，乃赋《离骚》；左丘失明，厥有《国语》；孙子膑脚，《兵法》修列；不韦迁蜀，世传《吕览》；韩非囚秦，《说难》《孤愤》；《诗》三百篇，大抵圣贤发愤之所为作也。"正是在这种精神的激励下，他才完成了这部不朽巨著。

历朝历代的文人史家都对《史记》推崇备至，唐代韩愈、柳宗元将之视为自己作文的范本，南宋史家郑樵认为"六经之后，唯有此书"，大评论家金圣叹把《史记》纳入"六才子书"，鲁迅则盛赞《史记》为"史家之绝唱，无韵之离骚"，可见对其评价之高。司马迁也因此被誉为"史界太祖"（梁启超语），名垂青史。而那篇《命子迁》后来被司马迁写入了《史记·太史公自序》，以示自己不忘父亲遗志。可以说，司马谈的家训《命子迁》成就了其子司马迁的皇皇巨著《史记》，因此，有人说"没有《命子迁》，就没有《史记》"，此言不虚。

颜氏家训（节选）

颜之推

上智不教而成，下愚虽教无益^①，中庸之人^②，不教不知也。

父子之严，不可以狎^③；骨肉之爱，不可以简^④。简则慈孝不接，狎则怠慢生焉。

——《教子》

夫风化者，自上而行于下者也，自先而施于后者也。是以父不慈则子不孝，兄不友则弟不恭，夫不义则妇不顺矣。父慈而子逆，兄友而弟傲，夫义而妇陵^⑤，则天之凶民，乃刑戮之所摄^⑥，非训导之所移^⑦也。

世间名士，但务宽仁。至于饮食饷馈^⑧，僮仆减损；施惠然诺^⑨，妻子节量；狎侮宾客，侵耗乡党：此亦为家之巨蠹^⑩矣。

——《治家》

二亲既殁^⑪，兄弟相顾，当如形之与影，声之与响，爱先人之遗体，惜己身之分气^⑫，非兄弟何念哉？兄弟之际，异于他人，望深^⑬则易怨，地亲则易弭^⑭。

——《兄弟》

四海之人，结为兄弟，亦何容易，必有志均义敌^⑮，令终如始者，方可议之。一尔之后，命子拜伏，呼为丈人，申父友之敬，身事彼亲，亦宜加礼。

——《风操》

　　人在年少，神情⑯未定，所与款狎，熏渍陶染，言笑举动，无心于学，潜移暗化，自然似之，何况操履艺能，较明易习者也。是以与善人居，如入芝兰之室，久而自芳也；与恶人居，如入鲍鱼之肆，久而自臭也。

——《慕贤》

　　自古明王圣帝，犹须勤学，况凡庶乎！

——《勉学》

　　文章当以理致为心肾⑰，气调为筋骨⑱，事义为皮肤⑲，华丽为冠冕⑳。

——《文章》

　　名之与实，犹形之与影也。德艺周厚，则名必善焉；容色姝丽，则影必美焉。今不修身而求令名于世者，犹貌甚恶而责妍影于镜㉑也。上士忘名，中士立名，下士窃名。忘名者，体道合德，享鬼神之福祐，非所以求名也；立名者，修身慎行，惧荣观之不显，非所以让名也；窃名者，厚貌深奸㉒，干浮华之虚称，非所以得名也。

——《名实》

　　宇宙可臻其极㉓，情性不知其穷，唯在少欲知足㉔，为立涯限㉕尔。

——《止足》

　　夫养生者先须虑祸，全身保性㉖，有此生然后养之，勿徒养其无生也。

夫生不可不惜，不可苟惜㉗。涉险畏之途，干祸难之事，贪欲以伤生，谗慝㉘而致死，此君子之所惜哉！行诚孝而见贼，履仁义而得罪，丧身以全家，泯躯而济国，君子不咎也。

——《养生》

注释

①上智不教而成，下愚虽教无益：上等的聪明人不用教育就能成才，下等的笨人即使教育再多也不起作用。上智：上等的聪明人。下愚：下等的笨人。"上智""下愚"语出《论语·阳货》："唯上智与下愚不移。"

②中庸之人：平庸的人，即绝大多数的普通人。

③父子之严，不可以狎：父子彼此要严肃对待，不可以轻忽怠慢。

④骨肉之爱，不可以简：骨肉亲人之间要有爱，不可以简慢。

⑤陵：通"凌"，凌辱，欺侮。

⑥刑戮之所摄：要用刑罚杀戮来使他畏惧。摄：通"慑"。

⑦移：改变。

⑧饷馈：馈赠客人之物。

⑨施惠然诺：允诺的资助、恩惠。

⑩蛊：蛀虫。

⑪二亲既殁：父母双亲已经去世。殁：死亡，多指病死离世或小孩夭折。

⑫分气：从父母身上分得的血气。

⑬望深：要求高，期望太多。

⑭地亲则易弭：接触密切，不满也容易消除。地亲：距离近情感亲

密。弭：消除。

⑮志均义敌：志气相投，志同道合。敌：匹配。

⑯神情：精神性情。

⑰理致为心肾：以义理意致为核心。

⑱气调为筋骨：气韵格调为筋骨。

⑲事义为皮肤：用典合宜为皮肤。

⑳华丽为冠冕：华丽辞藻为冠冕。

㉑责妍影于镜：要求镜子里现出美丽的形象。

㉒厚貌深奸：外表朴实忠厚，内里藏奸。

㉓宇宙可臻其极：宇宙可以到达尽头。臻：到达。

㉔少欲知足：减少欲望，知道满足而止。

㉕涯限：边际，限度。

㉖全身保性：保全身家性命。

㉗苟惜：苟且偷生。

㉘谗慝（tè）：进谗言，藏恶念。

延伸阅读

《颜氏家训》是汉民族历史上第一部内容丰赡、体系宏大的家训，同时也是自周公旦开仕宦家训之先河后，中国古代仕宦家训的集大成者。它是中国现存最早的家训专著，在此之前的家训，如《周公诫伯禽书》《命子迁》等，均散杂于文集、史书等文献资料中，尚未形成独立的文本。它的作者是南北朝时期北齐著名的思想家、文学家、教育家——颜之推。

颜之推（531年—595年），字介，琅邪临沂（今属山东省临沂市）人，春秋鲁国颜氏家族后裔，其祖为颜渊。中国古代文学家、思想家、教育家，历经北齐、北周、隋三朝。颜之推博览群书，学识渊博，十二岁时听讲老庄之学，因"虚谈非其所好，还习《礼》《传》"，生活上"好饮酒，多任纵，不修边幅。"《北齐书》本传中载录了颜之推的《观我生赋》，是赋作的名篇。他结合自己的人生经历、处世哲学、思想学识，写成《颜氏家训》一书训诫子孙。全书共有七卷二十篇，分别是序致、教子、兄弟、后娶、治家、风操、慕贤、勉学、文章、名实、涉务、省事、止足、诫兵、养心、归心、书证、音辞、杂艺、终制。各篇内容涉及的范围相当广泛，但主要是以传统儒家思想教育子弟，讲如何修身、治家、处世、为学等。《颜氏家训》一书写于南北朝，在隋灭陈一统中国后才完成，耗费作者大量的时间和心力。

《颜氏家训》作为家训的传世经典，被誉为家教典范，影响深远，此前虽有大量家训文献存在，但无"家训"之说，直到《颜氏家训》诞生之后，家训文本才有了"家训"之名。历代对《颜氏家训》非常推崇，特别是宋代以后，影响更大。宋代朱熹《小学》，清代陈宏谋《养正遗规》，都曾取材于《颜氏家训》。唐代以后出现的数十种家训，莫不直接或间接地受到《颜氏家训》的影响。

家范（节选）

司马光

象①曰：家人，女正位乎内，男正位乎外，男女正，天地之大义也。家人有严君②焉，父母之谓也。父父③，子子，兄兄，弟弟，夫夫，妇妇，而家道正。正家而天下定矣。

——《治家》

《大学》曰："古之欲明④明德⑤于天下者，先治其国；欲治其国者，先齐其家；欲齐其家者，先修其身；欲修其身者，先正其心；欲正其心者，先诚其意；欲诚其意者，先致其知；致知在格物。物格而后知至，知至而后意诚，意诚而后心正，心正而后身修，身修而后家齐，家齐而后国治，国治而后天下平。自天子以至于庶人，一是皆以修身为本。其本乱而末治者，否矣。其所厚者薄，而其所薄者厚，未之有也。"此谓知本，此谓知之至也。所谓治国必先齐其家者，其家不可教而能教人者，无之。故君子不出家而成教于国。孝者所以事君也，弟者所以事长也，慈者所以使众也。《诗》云："桃之夭夭，其叶蓁蓁。之子于归，宜其家人。"宜其家人，而后可以教国人。《诗》云："宜兄宜弟。"宜兄宜弟，而后可以教国人。《诗》云："其仪不忒⑥，正是四国⑦。"其为父子兄弟足法，而后民法之也。此谓治国在齐其家。

——《治家》

夫人爪牙之利，不及虎豹；膂力[8]之强，不及熊罴；奔走之疾，不及麋鹿；飞飏之高，不及燕雀。苟非群聚以御外患，则反为异类食矣。是故圣人教之以礼，使之知父子兄弟之亲。人知爱其父，则知爱其兄弟矣；爱其祖，则知爱其宗族矣。如枝叶之附于根干，手足之系于身首，不可离也。岂徒使其粲然条理以为荣观哉！乃实欲更相依庇，以捍外患也。

——《治家》

为人祖者，莫不思利其后世。然果能利之者，鲜矣。何以言之？今之为后世谋者，不过广营生计以遗之。田畴连阡陌，邸肆跨坊曲，粟麦盈囷仓，金帛充篋笥，慊慊然[9]求之犹未足，施施然[10]自以为子子孙孙累世用之莫能尽也。然不知以义方训其子，以礼法齐其家。自于数十年中勤身苦体以聚之，而子孙于时岁之间奢靡游荡以散之，反笑其祖考之愚不知自娱，又怨其吝啬，无恩于我，而厉虐之也。

——《祖》

夫生生之资，固人所不能无，然勿求多余，多余希不为累矣。使其子孙果贤耶，岂蔬粝布褐不能自营，至死于道路乎？若其不贤耶，虽积金满堂，奚益哉？多藏以遗子孙，吾见其愚之甚也。然则贤圣皆不顾子孙之匮乏邪？曰何为其然也。昔者圣人遗子孙以德以礼，贤人遗子孙以廉以俭。

——《祖》

近故张文节[11]公为宰相，所居堂室，不蔽风雨；服用饮膳，与始为河阳书记[12]时无异。其所亲或规之曰："公月入俸禄几何，而自奉俭薄如此。外人不以公清俭为美，反以为有公孙布被[13]之诈。"文节叹曰："以吾今日之禄，虽侯服王食，何忧不足？然人情由俭入奢则易，由奢入俭则难。此禄安能常恃，一旦失之，家人既习于奢，不能顿俭，必至失所，曷若无失其常！吾虽违世，家人犹如今日乎！"闻者服其远虑。此皆以德业遗子孙者也，所得顾不多乎？

——《祖》

石碏谏卫庄公曰："臣闻爱子教之以义方，弗纳于邪。骄奢淫逸，所自邪也。四者之来，宠禄过也。"自古知爱子不知教，使至于危辱乱亡者，可胜数哉！夫爱之，当教之使成人。爱之而使陷于危辱乱亡，乌在其能爱子也？人之爱其子者多曰："儿幼，未有知耳，俟其长而教之。"是犹养恶木之萌芽，曰俟其合抱而伐之，其用力顾不多哉？又如开笼放鸟而捕之，解缰放马而逐之，曷若勿纵勿解之为易也！

——《父》

为人母者，不患不慈，患于知爱而不知教也。古人有言曰："慈母败子。"爱而不教，使沦于不肖，陷于大恶，入于刑辟，归于乱亡。非他人败之也，母败之也。自古及今，若是者多矣，不可悉数。

——《母》

《书》曰："辟不辟⑭，忝⑮厥祖。"《诗》云："无念尔祖，聿修厥德。"然则为人而怠于德，是忘其祖也，岂不重哉！

——《孙》

注释

①彖（tuàn）：《易经》的专用术语，又叫"彖辞"，即"总括之辞""小结"，用于总结一卦之辞。

②严君：指有尊严的家长。

③父父：父亲要行为上像个父亲。后"子子，兄兄，弟弟，夫夫，妇妇"，依此类推。

④明：弘扬，发扬光大。

⑤明德：光明正大的品德。

⑥忒：差错。

⑦正是四国：成为四国的表率。正，法也，则也。

⑧膂力：腰力、体力。

⑨慊慊然：心不满足的样子。

⑩施施然：喜悦自得的样子。

⑪张文节：张知白，北宋宰相。

⑫书记：即节度判官，北宋官职名。

⑬公孙布被：即西汉公孙弘。《史记·平津侯主父列传》载："弘为人恢奇多闻，常以为人主病不广大，人臣病不俭节。弘为布被，食不重肉。"公孙弘的好友汲黯曾指责公孙弘沽名钓誉，故作清苦博取美名。

⑭辟不辟：君主不像君主。辟（bì），诸侯、君主。

⑮忝：愧对，羞辱。

延伸阅读

《家范》又叫《温公家范》，顾名思义，就是治家之仪轨、法则。按照《四库全书》的说法，这一名称是源自唐代狄仁杰的家训旧名，因狄氏《家范》早已失传，司马光沿用其旧名，另外著述，以为后世提供治家的准绳。

司马光（1019年—1086年），字君实，号迂叟，陕州夏县涑水乡（今属山西省运城市）人，北宋名臣，历经仁宗、英宗、神宗、哲宗四朝，先后任知谏院、天章阁待制、龙图阁学士、翰林学士、资政殿学士、御史中丞等职，身后追赠太师、温国公，谥号"文正"。但他一生最为人熟知的成就不在仕途，而在史学上，他编撰了我国历史上编年体通史巨著《资治通鉴》。全书二百九十四卷，三百余万字，耗时十九年，记载了从战国周威烈王二十三年（前403年）到五代后周世宗显德六年（959年）间，十六个朝代、政权一千三百六十二年的详细历史，规模空前，贯通古今。这部书穷尽了司马光毕生的精力和心血，为编撰此书，他"日力不足，继之以夜"，非常刻苦。宋神宗继位后，将书赐名"资治通鉴"，并亲自为之作序。《资治通鉴》"鉴前世之兴衰，考当今之得失"，是历代帝王治国的必读书目。作为中国一部伟大的编年体通史，该书在史学上的地位举足轻重，可与《史记》比肩，司马光因此和西汉的司马迁并称为史学界的"两司马"。

然而，比起《资治通鉴》这部皇皇巨著，司马光认为他的《家范》更加重要，因为在他看来，"所谓治国必先齐其家者，其家不可教而能教人者，无之"。他把齐家提到治国的高度，强调"圣人正家以正天下者也"，可见，治国与治家的理念是相融相通的。

《家范》全书十九篇，系统论述了治家原则、修身之法和处世之道。它以儒家伦理为准绳，穷征博引，书中不仅引用了《大学》《易经》《诗经》等儒家经典的修身治家格言，还列举了大量的实例和典范，如曾子杀猪、张文节为相、石碏谏卫庄公、孟母教子等，虽然阐述的是封建家庭伦理关系，但于今天的我们依旧深有启发。比如它的"以礼治家"，讲究"家正而天下定，礼为治家之本"，注重家礼在人伦关系中的重要作用，并且主张家长要以身作则，"凡为家长，必谨守礼法，以御群子弟及家众"，父母要教育好子女，自己就要先成为榜样，这样才有说服力。再如教育子女问题上，司马光提出"爱不偏私""以偏为戒"，主张父母对子女不应有所偏爱，偏私会导致家庭内部产生嫌隙，作为家长必须做到一视同仁，特别是儿子和女儿要公平对待，不能只顾儿子而忽视对女儿的教养。在传家的问题上，司马光主张"遗德不遗财"，提倡"以德为富""俭以养德"，精神上的传承远胜过物质上的馈赠，优良的家风是父母留给子女最宝贵的财富。

在司马光的诸多诫子文章中，《家范》体系完备，内容详尽，形成了独立完整的家庭教育理论体系，它对传统伦理、道德规范的阐述简明扼要，切于实用，深受古代士大夫推崇，被视为家教必读书目。由于司马光是以治国的标准来阐述齐家之道，因此，后人又视《家范》为《资治通鉴》的姊妹篇。

家　诫

黄庭坚

　　某自丱角①读书，及有知识，迄今四十年，时态历观。谛见润屋封君、巨姓豪右、衣冠世族金珠满堂，不数年间复过之，特见废田不耕，空困不给。又数年复见之，有缧绁②于公庭者，有荷担而倦于行路者。问之曰："君家曩时③蓄衍盛大，何贫贱如是之速耶？"有应于予曰："嗟乎！吾高祖起自忧勤，噍类数口④，兄叔慈惠，弟侄恭顺。为人子者告其母曰：'无以小财为争，无以小事为仇。'使我兄叔之和也。为人夫者告其妻曰：'无以猜忌为心，无以有无为怀。'使我弟侄之和也。于是共厄⑤而食，共堂而燕，共库而泉⑥，共廪而粟。寒而衣，其币同也；出而游，其车同也。下奉以义，上谦以仁，众母如一母，众儿如一儿，无尔我之辨，无多寡之嫌，无私贪之欲，无横费之财。仓箱⑦共目而敛之，金帛共力而收之。故官私皆治，富贵两崇。逮其子孙蕃息，妯娌众多，内言⑧多忌，人我意殊，礼义消衰，诗书罕闻，人面狼心，星分瓜剖。处私室则包羞自食，遇识者则强曰同宗。父无争子⑨而陷于不义，夫无贤妇而陷于不仁。所志者小，而所失者大。至于危坐孤立，患害不相维持，此其所以速于苦也。"庭坚闻而泣之。家之不齐，遂至如是之甚，可志此以为吾族之鉴。因为常语以劝焉，吾子其听否？

　　昔先猷以子弟喻芝兰玉干生于阶庭者，欲其质之美也；又谓之龙驹⑩鸿鹄者，欲其才之俊也。质既美矣，光耀我族；才既俊矣，荣显我家。岂有偷取自安而忘家族之庇乎？汉有兄弟焉，将别也，庭木为之枯；将合也，庭木为之荣。则人心之所叶也，神灵之所佑也。晋有叔侄焉，无间者为南阮之富，好异者为北阮之贫⑪。则人意之所和者，阴阳之所赞也。大唐之间，义族⑫尤盛。张氏九世同居，至天子访焉，赐帛以为庆。高氏七世不分，朝廷嘉之，以族间为表。李氏子孙百余众，服食器用，童仆无所异。黄巢、禄山，大盗横行天下，残灭人家，独不劫李氏，云不犯义门也。此见孝慈之盛，外侮所不能欺。虽然，古人陈迹而已，吾子不可谓今世无其人。德安王岳部义聚百余年，至五世，诸母新寡，弟侄谋析财而与之，俾营别居。诸母曰："吾之子幼，未有知识，吾所倚赖，犹子伯伯叔叔也，不愿他业。待吾子得训经意，如礼数足矣。"其后侄子官至兵部侍郎，诸母授金冠章帔，人皆曰："诸母其先知乎！有助耶！"鄂之咸宁有陈子高者，有腴田五千，其兄田止一千，子高爱其兄之贤，愿合户而同之。人曰："以五千膏腴就贫兄，不亦卑乎？"子高曰："我一身尔，何用五千？人生饱暖之外，骨肉交欢而已。"其后，兄子登第，官至太中大夫，举家受荫，人始曰："子高心地吉，而预知兄子之荣也。"然此亦为人之所易为者。吾子欲知其难为者，愿悉以告：昔邓攸遭危厄之时，负其侄而逃之，度不两全，则托子于人而宁抱其侄也。李充在贫困之际，昆季无资，其妻求异，遂弃其妻，曰："无伤我同胞之恩。"人之遭贫遇害尚能为此，况处富盛乎？然此予闻见之远者，恐未可以信人，又当告以耳目之尤近者。吾族居此四世矣，未闻公家之追负，私用之不给。泉粟盈储，金朱继荣，大抵礼义之所积，无分异之费也。其后妇言是听，人心不坚，无胜己之交，信小人之党，骨肉不顾，酒蔵⑬是从，乃至苟营自私，偷取目前之逸，恣⑭纵口体，而忘远大之计。居湖坊者不二世而绝，居东阳者不二世而贫，其或天欤？亦人之不幸欤？吾子力道闻学，执书册，以见古人之遗训。观时利害，无待老夫之言矣。于古人气概风味，岂特仿佛耶？愿以吾言敷而告之，吾族敦睦当自吾子起。若夫子孙荣昌，世继无穷之美，则吾言非小补哉！志之曰《家训》。时绍圣元年八月日书。

注释

①丱（guàn）角：指童年时期。

②缧绁：捆绑犯人的绳索，引申为牢狱，这里指囚禁收监。

③曩时：以前。

④噍类数口：指全家只有几口人。噍，指吃东西，咀嚼，噍类，能吃东西的生物，特指活下来的人。

⑤卮：一种古代酒器。

⑥泉：泉币，古代的一种钱币。

⑦仓箱：指丰收的粮食。

⑧内言：妇女在闺房所说的话。

⑨争子：能对父母进行规劝的儿子。

⑩龙驹：骏马。

⑪南阮、北阮：指聚居一处而贫富各异的同族人家。此处疑原文有误，应为"北阮之富""南阮之贫"。《世说新语·任诞》曰："阮仲容步兵居道南，诸阮居道北，北阮皆富，南阮贫。"后遂以"北阮"代称亲族之富者，"南阮"则代称亲族之贫者。

⑫义族：即"大族"，此处作者咬文嚼字，为避"大唐"之"大"，特以"义"代之。

⑬酒胾（zì）：酒肉。胾，切成的大块肉。

⑭恣：恣意，任意。

延伸阅读

"家和万事兴。"齐家作为传统家训的经典命题屡见于历代家训著作，其思想核心也大同小异，旨在倡导家庭敦睦，但像《家诫》这样条分缕析地详细论述就非常少见了，黄庭坚的《家诫》是论述家庭敦睦之道的典范。

黄庭坚（1045年—1105年），字鲁直，号山谷道人、涪翁，又称豫章黄先生，洪州分宁（今属江西省九江市）人，擅文章、诗词，工书法，是北宋后期著名的诗人、书法家，江西诗派开山之祖。在书法上与苏轼、蔡襄、米芾并称为"宋四家"；诗词与苏轼齐名，合称"苏黄"，又因与张耒、晁补之、秦观游学于苏轼门下，合称"苏门四学士"，著作有《豫章黄先生文集》《山谷词》等。

黄庭坚在写给儿子黄相的《家诫》一文中，语重心长地教育儿子"家和则兴、不和则败"的道理。在他看来，只有家族和睦、亲人团结，才能保证家族"子孙荣昌，世继无穷"。他从自己的亲身见闻着笔，以真实事例训导儿子家族和睦的重要性，以及如何正确处理家族成员的人际关系，避免内部纠纷。在《家诫》中，黄庭坚说，许多豪门大姓、高官厚禄之家开始往往金玉满堂、家业丰厚，可是不过数年就变成了"特见废田不耕，空囷不给。又数年复见之，有缧绁于公庭者，有荷担而倦于行路者"。他借落败之人陈子高之口道出了家庭由盛到衰的原因：这些破败的家族开始时也是勤勤恳恳、父慈子孝、兄弟和睦、夫妻无猜，成员之间和睦相处，共同进退。但是到了后来，"子孙蕃息，姻娅众多"，猜忌之心渐起，斤斤计较之事不绝，遂使"人面狼心，星分瓜剖……至于危坐孤立，患害不相维持，此其所以速于苦也！"他还强调"人生饱暖之外，骨肉交欢而已"，子孙们都是骨肉同胞，血浓于水，亲情可贵，当倍加珍惜，小心维护。

黄庭坚出身于江西修水的双井黄氏家族，双井黄氏以诗书传家，文风炽盛，世代子孙有文名可考者逾百人，在宋代号称"天下无双"，有"瑰玮之文妙绝当世"之美誉。黄氏家族有一部《黄氏家规》，其中就专门列有族亲互助的条目，提醒子孙友爱互助、团结亲族。黄庭坚的《家诫》不啻为对黄氏敦睦家风的传承与发扬。

了凡四训（节选）

袁　黄

立命之学

云谷曰："……汝今既知非。将向来不发科第，及不生子之相，尽情改刷；务要积德，务要包荒①，务要和爱，务要惜精神。从前种种，譬如昨日死；从后种种，譬如今日生；此义理再生之身。夫血肉之身，尚然有数；义理之身，岂不能格天②。《太甲》③曰：'天作孽，犹可违；自作孽，不可活。'《诗》云：'永言配命，自求多福。'孔先生算汝不登科第，不生子者，此天作之孽，犹可得而违；汝今扩充德性，力行善事，多积阴德，此自己所作之福也，安得而不受享乎？《易》为君子谋，趋吉避凶；若言天命有常，吉何可趋，凶何可避？开章第一义，便说：'积善之家，必有余庆。'④汝信得及否？"

余初号学海，是日改号了凡；盖悟立命之说，而不欲落凡夫窠臼也。从此而后，终日兢兢⑤，便觉与前不同。前日只是悠悠放任，到此自有战兢惕厉⑥景象，在暗室屋漏中，常恐得罪天地鬼神；遇人憎我毁我，自能恬然容受。

孔公算予五十三岁有厄，余未尝祈寿，是岁竟无恙，今六十九矣。《书》曰："天难谌⑦，命靡⑧常。"又云："惟命不于常。"皆非诳语。吾于是而知，凡称祸福自己求之者，乃圣贤之言；若谓祸福惟天所命，则世俗之论矣。

汝之命，未知若何？即命当荣显，常作落寞想；即时当顺利，常作拂逆想；即眼前足食，常作贫窭想；即人相爱敬，常作恐惧想；即家世望重，常作卑下想；即学问颇优，常作浅陋想。

远思扬德，近思盖父母之愆⑨；上思报国之恩，下思造家之福；外思济人之急，内思闲己之邪。

务要日日知非，日日改过；一日不知非，即一日安于自是；一日无过可改，即一日无步可进；天下聪明俊秀不少，所以德不加修，业不加广者，只为因循二字，耽阁一生。云谷禅师所授立命之说，乃至精至邃，至真至正之理，其熟玩而勉行之，毋自旷⑩也。

改过之法

但改过者，第一，要发耻心。思古之圣贤，与我同为丈夫，彼何以百世可师？我何以一身瓦裂？耽染尘情，私行不义，谓人不知，傲然无愧，将日沦于禽兽而不自知矣；世之可羞可耻者，莫大乎此。孟子曰："耻之于人大矣。"以其得之则圣贤，失之则禽兽耳。此改过之要机也。

第二，要发畏心。天地在上，鬼神难欺，吾虽过在隐微，而天地鬼神，实鉴临之，重则降之百殃，轻则损其现福，吾何可以不惧？……

第三，须发勇心。人不改过，多是因循退缩；吾须奋然振作，不用迟疑，不烦等待。……

具是三心，则有过斯改，如春冰遇日，何患不消乎？

吾辈身为凡流，过恶猬集⑪，而回思往事，常若不见其有过者，心粗而眼翳⑫也。然人之过恶深重者，亦有效验：或心神昏塞，转头即忘；或无事而常烦恼；或见君子而赧然相沮；或闻正论而不乐；或施惠而人反怨；或夜梦颠倒，甚则妄言失志；皆作孽之相也，苟一类此，即须奋发，舍旧图新，幸勿自误。

积善之方

若复精而言之，则善有真，有假；有端，有曲；有阴，有阳；有是，有非；有偏，有正；有半，有满；有大，有小；有难，有易；皆当深辨。……

何谓真假？……中峰告之曰："有益于人，是善；有益于己，是恶。有益于人，则殴人、詈⑬人皆善也；有益于己，则敬人、礼人皆恶也。是故人之行善，利人者公，公则为真；利己者私，私则为假。又根心者真，袭迹者假；又无为而为者真，有为而为者假。皆当自考。"

何谓端曲？……惟从心源隐微处，默默洗涤。纯是济世之心，则为端；苟有一毫媚世之心，即为曲。纯是爱人之心，则为端；有一毫愤世之心，即为曲。纯是敬人之心，则为端；有一毫玩世之心，即为曲。皆当细辨。

何谓阴阳？凡为善而人知之，则为阳善；为善而人不知，则为阴德。

何谓是非？……现行虽善，其流足以害人，则似善而实非也；现行虽不善，而其流足以济人，则非善而实是也。

何谓偏正？……善者为正，恶者为偏，人皆知之。其以善心行恶事者，正中偏也；以恶心而行善事者，偏中正也，不可不知。

何谓半满？……勤而积之，则满；懈而不积，则不满。此一说也。……又为善而心不著善，则随所成就，皆得圆满。心著于善，虽终身勤励，止于半善而已。

何谓大小？……志在天下国家，则善虽少而大；苟在一身，虽多亦小。

何谓难易？……凡有财有势者，其立德皆易，易而不为，是为自暴。贫贱作福皆难，难而能为，斯可贵耳。

谦德之效

《易》曰："天道亏盈而益谦；地道变盈而流谦；鬼神害盈而福谦；人道恶盈而好谦。"是故谦之一卦，六爻皆吉。《书》曰："满招损，谦受益。"予屡同诸公应试，每见寒士将达，必有一段谦光可掬。

由此观之，举头三尺，决有神明；趋吉避凶，断然由我。须使我存心制行，毫不得罪于天地鬼神，而虚心屈己，使天地鬼神，时时怜我，方有受福之基。彼气盈者，必非远器，纵发亦无受用。稍有识见之士，必不忍自狭其量，而自拒其福也。况谦则受教有地，而取善无穷，尤修业者所必不可少者也。

古语云："有志于功名者，必得功名；有志于富贵者，必得富贵。"人之有志，如树之有根，立定此志，须念念谦虚，尘尘⑭方便，自然感动天地，而造福由我。今之求登科第者，初未尝有真志，不过一时意兴耳。兴到则求，兴阑则止。

孟子曰："王之好乐甚，齐其庶几乎？"予于科名亦然。

注释

①包荒：包含荒秽，指度量宽大，包容。

②格天：感通上天。出自《尚书·君奭》："在昔成汤既受命，时则有若伊尹，格于皇天。"

③太甲：指《尚书·太甲》。

④积善之家，必有余庆：积德行善的家庭，一定会福报不断。语出《易·文言》。

⑤兢兢：谨慎的样子。

⑥战兢惕厉："战兢"，戒慎恐惧的样子；"惕厉"，因心存恐惧危难

而警惕，指君子的修身自省。

⑦谌：相信。

⑧靡：没有。

⑨愆：罪过。

⑩自旷：自我荒废。旷，指懈怠、荒废。

⑪过恶猬集：过失罪恶就像刺猬的刺一样聚集在身上。

⑫翳：遮挡，障蔽，也指一种眼病。

⑬詈：骂。

⑭尘尘：佛家语，犹言世世；无量数。

延伸阅读

《了凡四训》被誉为"东方第一励志奇书"，是明朝家训的传世名作。全书分《立命之学》《改过之法》《积善之方》《谦德之效》四篇，共一万一千六百余字，合儒、释、道三家学说精神于一体，内蕴深广，博大精深，思想核心在于"积善"。

袁了凡（1533年—1606年），本名袁黄，字庆远，又字坤仪、仪甫，祖籍浙江嘉善，后迁居江苏吴江（今属江苏省苏州市）。万历初嘉兴府三名家之一，初号学海，后改了凡，后人尊称其为"了凡先生"。袁黄于万历十四年（1586年）中进士，曾任宝坻知县，颇有政绩，被誉为"宝坻自金代建县800多年来最受人称道的好县令"。后倭寇进犯朝鲜，袁了凡调任军营赞划，谋划平壤大捷，一举扭转战局。罢官归乡后著书立说，主编《嘉善县志》。1606年夏去世，享年七十四岁。天启元年（1621年）追叙袁了凡东征之功，赠尚宝司少卿。清乾隆二年（1737年）入祀魏塘书院"六贤祠"。

《了凡四训》写于袁黄六十九岁时，是他写给儿子袁天启的诫子书。袁黄穷毕生学养，结合自己的亲身经历，现身说法，教育儿子所谓人的命运掌握在自己手中，所谓的"命数""运命"皆是虚妄，不要受困于宿命论，而要积德行善，自强不息，努力改造自己的命运。更难得的是，他的"积善"思想中渗透着浓厚的民本情怀，他倡导"积善"，不是为了个人私利，立志做善事是为天下百姓谋利，他从个人修身立德进一步扩展到外部事功上，是践行儒家知行合一精神的典范。

《了凡四训》以其丰富的思想内涵和独特的东方智慧在众多古代家训文本中独树一帜，问世以来备受推崇。晚清名臣曾国藩是《了凡四训》的忠实拥趸，他读过此书后大受震动，改号"涤生"："涤者，取涤其旧染之污也；生者，取明袁了凡之言：'从前种种，譬如昨日死；从后种种，譬如今日生也。'"并将之列为曾氏子孙必读书目。现代学者胡适认为，《了凡四训》是研究中国中古思想史的一部重要代表作。香港中华道德学会称此书"是创造幸福的宝典"。

药言（节选）

姚舜牧

一

"孝悌忠信礼义廉耻"，此八字是八个柱子，有八柱始能成字①，有八字始克成人。圣贤开口便说孝弟②，孝弟是人之本。不孝不弟，便不成人了。孩提知爱，稍长知敬，奈何自失其初，不齿于人类也？

三

贤不肖皆吾子，为父母者切不可毫发偏爱，偏爱日久，兄弟间不觉怨愤之积，往往一待亲殁而争讼因之。创业思垂永久，全要此处见得明，不贻后日之祸可也。今人但为子孙做牛马计，后人竟不念父母天高地厚之恩。诚一衣一食无不念及言及，尔曹③数数闻之，必能自立自守，久长之计，不过如是矣。

五

兄弟间偶有不相惬处，即宜明白说破，随时消释，无伤亲爱。看大舜待傲象，未尝无怨无怒也，只是个不藏不宿，所以为圣人。今人假借怡怡④之名，而中怀仇隙，至有阴妒仇结而不可解，吾不知其何心也。兄弟虽当亲殁时，宜常若亲在时，凡一切交接礼仪、门户差役及他有急难，皆当出身力为之，不可彼此推诿。

九

凡议婚姻，当择其婿与妇之性行及家法如何，不可徒慕一时之富贵。盖婿妇性行良善，后来自有无限好处，不然，虽贵与富无益也。

十三

亲友有贤且达者，不可不厚加结纳。然交接贵协于理，若从未相知识者，不可妄援交结，徒自招卑谄之辱。且与其费数金结一贵显之人，不为所礼，孰若将此以周贫急，使彼可永旦夕，而怀感于无穷也。

十四

睦族之次即在睦邻，邻与我相比日久，最宜亲好。假令以意气相凌压，彼即一时隐忍，能无忿怒之心乎？而久之缓急无望其相助，且更有仇结而不可解者。

十八

凡人欲养身，先宜自息欲火；凡人欲保家，先宜自绝妄求。精神财帛，惜得一分，自有一分受用。视人犹己，亦宜为其珍惜，切不可尽人之力，尽人之情，令其不堪。到不堪处，出尔反尔，反损己之精力矣。有走不尽的路，有读不尽的书，有做不尽的事，总须量精力为之，不可强所不能，自疲其精力。余少壮时多有不知循理事，多有不知惜身事，至今一思一悔恨。汝后人当自检自养，毋效我所为，至老而又自悔也。

二十五

凡人为子孙计，皆思创立基业，然不有至大至久者在乎，舍心地而田地，舍德产而房产，已失其本矣，况惟利是图，是损阴骘。欲令子孙永享，其可得乎？

三十二

才不宜露，势不宜恃，享不宜过，能含蓄退逊，留有余不尽，自有无限受用。阿浤从人⑤可羞，刚愎自用可恶。不执⑥不阿，是为中道。寻常不见得，能立于波流风靡之中，是为雅操。

三十三

淡泊二字最好，淡，恬淡也；泊，安泊也。恬淡安泊，无他妄念，此心多少快活？反是以求浓艳，趋炎势，蝇营狗苟，心劳而日拙矣。孰与淡泊之能日休也？

三十四

人要方得圆得，而方圆中却又有时宜。在《易》论圆神方知⑦，益以易贡二字，易妙，变易以贡，是为方圆之时。棱角峭厉非方也，和光同尘非圆也，而固执不通非易也，要认得明白。

三十六

盘根错节，可以验我之才；波流风靡，可以验我之操；艰难险阻，可以验我之思；震撼折冲⑧，可以验我之力；含垢忍辱，可以验我之量。

三十八

事到面前，须先论个是非，随论个利害。知是非则不屑妄为，知利害则不敢妄为，行无不得矣。窃怪不审此而自陷于危亡者。

注释

①宇：屋檐，泛指房屋。

②弟：通"悌"。

③尔曹：你们。

④怡怡：特指兄弟和睦。

⑤阿谂（niǎn）从人：阿谀奉承、依附他人。谂，即污浊。

⑥执：固执己见，不知变通。

⑦圆神方知：出自《易·系辞》，圆神是灵活变通，方知是坚持原则。这句大意是为人处世既要懂得圆融圆转，又要坚持操守，但圆融圆转与

坚持操守需要因时制宜，要根据情况和时机的变化做出选择。

⑧折冲：使敌人战车后退，即击败对手。后也指代外交谈判。

延伸阅读

《药言》亦名《姚氏家训》，是明代著名望族吴兴姚氏的家训。它集姚氏历代家训之大成，是姚氏家风的代表。《药言》的内容包罗万象，多是对于日常生活、世俗人情经验的总结，涉及社会人际交往、治家修身、个人生活原则等，这些言论通俗、平易且实用，对现实生活具有重要的指导意义，故时人谓之"真切过于《颜氏家训》"。它的作者是明代理学大儒姚舜牧。

姚舜牧（1543年—1622年），字虞佐，乌程（今属浙江省湖州市）人，生于明世宗嘉靖二十二年，卒于熹宗天启二年以后，万历初举人，先后担任新兴、广昌二县知县，爱民如子，为官正直，深受百姓爱戴。姚舜牧崇尚唐一庵、许敬庵之学，因此自号"承庵"，进士刘一焜、杨鹤造庐执弟子礼，建"羽翼六经坊"于会城。姚舜牧著述颇丰，除《药言》外，还留有《五经四书疑问》《孝经疑问》《乐陶吟草》等著作传世。

姚舜牧的《药言》主要来源于其父"平日所训语，及所闻于故老，所得于会悟者"，其内容理学思想浓郁，深受士大夫之家的欢迎，据说，"世之士大夫家都讲求其书，谓中多不刊语，堪与经传相表里"。《药言》在当时一再被翻刻，影响很大，甚至到清代依旧被人们"朝夕玩味"。

《药言》之所以题名为"药言"，是因为时人认为世道人心日益沦丧，宛如沾染病魔，《药言》可作为疗救世风的良药，"天下用之而犹病心者寡矣"。清人唐世杰在《药言》跋中也说："其语折衷于圣贤，而日用伦行，不出其范围，因念良方妙剂，当为普济。"言下之意，《药言》不仅可作为一家的家训，也可以教化民众，普济众生。事实上，姚舜牧在出任新兴、广昌二县知县时，就曾用《药言》治理地方、规训民风，取得了不俗的成绩。

自姚舜牧创制《药言》为家训后，姚氏子弟世代恪守，明代中叶起，吴兴姚氏人才辈出，蔚为望族，家族历经明清两代长盛不衰。几百年的繁荣兴盛得益于优良的家风传统，从这点上看，姚舜牧的《药言》实在功不可没。

治家格言

朱柏庐

　　黎明即起，洒扫庭除①，要内外整洁。既昏便息，关锁门户，必亲自检点。一粥一饭，当思来处不易。半丝半缕，恒念物力维艰。宜未雨而绸缪②，毋临渴而掘井。自奉必须俭约，宴客切勿留连。器具质而洁，瓦缶胜金玉③。饮食约而精，园蔬胜珍馐④。勿营华屋，勿谋良田。

　　三姑六婆⑤，实淫盗之媒。婢美妾娇，非闺房之福。奴仆勿用俊美，妻妾切忌艳妆。祖宗虽远，祭祀不可不诚。子孙虽愚，经书不可不读。居身务期质朴，教子要有义方⑥。勿贪意外之财，勿饮过量之酒。

　　与肩挑贸易，勿占便宜。见贫苦亲邻，须多温恤。刻薄成家，理无久享。伦常乖舛⑦，立见消亡。兄弟叔侄，须分多润寡⑧。长幼内外，宜法属辞严。听妇言，乖骨肉⑨，岂是丈夫。重资财，薄父母，不成人子。嫁女择佳婿，毋索重聘。娶媳求淑女，毋计厚奁⑩。

　　见富贵而生谗容者，最可耻。遇贫穷而作骄态者，贱莫甚。居家戒争讼，讼则终凶。处世戒多言，言多必失。毋恃势力而凌逼孤寡，勿贪口腹而恣杀生禽。乖僻自是，悔误必多。颓惰自甘，家道难成。狎昵恶少，久必受其累。屈志老成⑪，急则可相依。轻听发言，安知非人之谮诉⑫，当忍耐三思。因事相争，安知非我之不是，须平心遭暗想。

　　施惠勿念，受恩莫忘。凡事当留余地，得意不宜再往。人有喜庆，不可生妒忌心。人有祸患，不可生喜幸心。善欲人见，不是真善。恶恐人知，便是大恶。见色而起淫心，报在妻女。匿怨⑬而用暗箭，祸延子孙。

虽饔飧^⑭不继，亦有余欢。国课^⑮早完，即囊橐^⑯无余，自得至乐。读书志在圣贤，非徒科第；为官心存君国，岂计身家。守分安命，顺时听天。为人若此，庶乎近焉^⑰。

注释

①庭除：即庭院。

②未雨而绸缪：绸缪，紧密缠缚。这里指把门窗绑牢关紧。语出《诗经·豳风·鸱鸮》："迨天之未阴雨，彻彼桑土，绸缪牖户"，后比喻事先做好工作。

③器具质而洁，瓦缶胜金玉：餐具质朴而干净，虽是用泥土做的瓦器，也比金玉制的好。瓦缶，即瓦制的器具。

④饮食约而精，园蔬胜珍馐：食品节约而精美，虽是园里种的蔬菜，也胜于山珍海味。

⑤三姑六婆：元代陶宗仪《辍耕录》卷十三："三姑者，尼姑、道姑、卦姑也；六婆者，牙婆、媒婆、师婆、虔婆、药婆、稳婆也。"后泛指社会上不务正业、好搬弄是非的女人。

⑥义方：做人的正道。

⑦乖舛：违背。

⑧分多润寡：富有的周济贫穷的。

⑨乖骨肉：伤害骨肉亲情。

⑩厚奁：丰厚的嫁妆。

⑪屈志老成：听从年高有德者，不自以为是。

⑫谮诉：诬蔑人的坏话。

⑬匿怨：对人怀恨在心，面上却不表现出来。

⑭饔（yōng）飧（sūn）：饔，早饭。飧，晚饭。

⑮国课：国家的赋税。

⑯囊（náng）橐（tuó）：口袋。

⑰庶乎近焉：差不多便近于是个好人了。

延伸阅读

《治家格言》是明清家训的传世名篇，全篇只有500多字，但是通俗易懂，言简意赅，全文对仗工整，读起来朗朗上口，一经问世，广为流传。从清代起至民国年间一直是童蒙必读课本之一。

值得一提的是，现在很多人常把《治家格言》称为《朱子家训》，社会上通行的许多出版物中也沿袭这种称谓。但许多学者认为《治家格言》不能被称为《朱子家训》，《朱子家训》还是指朱熹创作的《朱子家训》（见本文后的附录）。朱柏庐与朱熹同为朱氏家族的先贤，朱柏庐创作的《治家格言》也是朱氏家族的传世家训。为示严谨，本书还是保留《治家格言》的命名。

朱柏庐（1627年—1698年），原名朱用纯，字致一，因敬仰晋人王裒攀柏庐墓之义，故号柏庐，江苏昆山县（今属江苏省昆山市）人，明末清初著名理学家、教育家。其父朱集璜是明末的学者，清顺治二年（1645年）守昆城抵御清军，城破，投河自尽。朱柏庐自幼致力读书，曾考取秀才，志于仕途。清兵入关后，明王朝覆灭，丁是不再求取功名，而是隐居教书，潜心治学。他主张以程朱理学为本，提倡知行并进，与徐枋、杨无咎号称"吴中三高士"。因才高名盛，康熙帝多次征召他为官，均被拒。他深感当时的教育方法，使学生难以学到真实的学问，故写了《辍讲语》，反躬自责，语颇痛切。曾用精楷手写数十本教材用于教学。生平精神宁谧，严以律己，著有

《删补易经蒙引》《四书讲义》《困衡录》《愧讷集》《毋欺录》等。他的《治家格言》，流传甚广，被历代士大夫尊为"治家之经"。

《治家格言》立足于"修身""齐家"的核心主题，注重以儒家的伦理道德来规范和教化子孙，全篇篇幅不长，但涉及勤俭持家、和睦治家、安分守己、崇德尚义、读书明理等多个方面，集儒家立身处世法则之大成，思想深厚，博大精深。即使今天来看，许多格言依旧富有教育意义。比如"一粥一饭，当思来处不易。半丝半缕，恒念物力维艰""器具质而洁，瓦缶胜金玉。饮食约而精，园蔬胜珍馐""施惠勿念，受恩莫忘""凡事当留余地，得意不宜再往""人有喜庆，不可生妒忌心。人有祸患，不可生喜幸心"等名言警句，影响深远，至今长盛不衰。更为难得的是，朱柏庐提倡知行并重，并以身作则地"由日用伦常上下功夫"，在日常实践中贯彻了儒家伦理。

附：朱熹《朱子家训》

君之所贵者，仁也。臣之所贵者，忠也。父之所贵者，慈也。子之所贵者，孝也。兄之所贵者，友也。弟之所贵者，恭也。夫之所贵者，和也。妇之所贵者，柔也。事师长贵乎礼也，交朋友贵乎信也。

见老者，敬之；见幼者，爱之。有德者，年虽下于我，我必尊之；不肖者，年虽高于我，我必远之。慎勿谈人之短，切莫矜己之长。仇者以义解之，怨者以直报之，随所遇而安之。人有小过，含容而忍之；人有大过，以理而谕之。勿以善小而不为，勿以恶小而为之。人有恶，则掩之；人有善，则扬之。

　　处事无私仇，治家无私法。勿损人而利己，勿妒贤而嫉能。勿称忿而报横逆，勿非礼而害物命。见不义之财勿取，遇合理之事则从。诗书不可不读，礼义不可不知。子孙不可不教，僮仆不可不恤。斯文不可不敬，患难不可不扶。守我之份者，礼也；听我之命者，天也。人能如是，天必相之。此乃日用常行之道，若衣服之于身体，饮食之于口腹，不可一日无也，可不慎哉！

聪训斋语（节选）

张　英

与人相交，一言一事皆须有益于人，便是善人。

每谓同一禽鸟也，闻鸾凤之名则喜，闻鸺鹠之声则恶；以鸾凤能为人福，而鸺鹠能为人祸也。同一草木也，毒草则远避之，参苓则共宝之；以毒草能鸩人，而参苓能益人也。人能处心积虑，一言一动皆思益人，而痛戒损人，则人望之若鸾凤，宝之若参苓，必为天地之所佑，鬼神之所服，而享有多福矣。此理之最易见者也。

——《立品篇·谨言语》

古人有言："终身让路，不失尺寸。"①老氏②以让为宝，左氏曰："让，德之本也。"处里闬③之间，信世俗之言，不过曰渐不可长，不过曰后将更甚，是大不然。人孰无天理良心、是非公道？揆之天道，有满损虚益之义；揆之鬼神，有亏盈福谦之理。自古只闻忍与让足以消无穷之灾悔，未闻忍与让翻④以酿后来之祸患也。欲行忍让之道，先须从小事做起。

每思天下事，受得小气则不致于受大气，吃得小亏则不致于吃大亏，此生平得力之处。凡事最不可想占便宜，子曰："放于利而行⑤，多怨。"便宜者，天下人之所共争也。我一人据之，则怨萃⑥于我矣；我失便宜，则众怨消矣。故终身失便宜，乃终身得便宜也。

——《立品篇·能容让》

读书须明窗净几，案头不可多置书。读文作文，皆须宁神静气，目光炯然。出文于题之上，最忌坠入云雾中，迷失出路。多读文而不熟，如将不练之兵，临时全不得用，徒疲精劳神，与操空拳者无异。

读书人独宿，是第一义，试自己省察。馆中独宿时，漏下二鼓⑦，灭烛就枕；待日出早起，梦境清明，神酣气畅。以之读书则有益，以之作文必不潦草枯涩。真所谓一日胜两日也。

——《读书篇·习诗文》

养身之道：一在谨嗜欲，一在慎饮食，一在慎忿怒，一在慎寒暑，一在慎思索，一在慎烦劳。有一于此，足以致病，以贻⑧父母之忧，安得⑨不时时谨凛⑩也！

——《养身篇·序》

父母之爱子，第一望其康宁，第二冀⑪其成名，第三愿其保家。语曰："父母惟其疾之忧。"⑫夫子以此答武伯之问孝。至哉斯言⑬！安其身以安父母之心，孝莫大焉。

——《养身篇·谨起居》

人生以择友为第一事。自就塾以后，有室有家，渐远父母之教，初离师保之严。此时乍得友朋，投契⑭缔交，其言甘如兰芷，甚至父母兄弟妻子之言，皆不听受，惟朋友之言是信。一有匪人⑮侧于间，德性未定，识见未纯，鲜未有不为其移者。余见此屡矣。至仕宦之子弟尤甚，一入其彀中⑯，迷而不悟，脱有尊长诫谕，反生闲隙，益滋乖张⑰。故余家训有云："保家莫如择友。"盖痛心疾首其言之也。

汝辈但于至戚中，观其德性谨厚，好读书者，交友两三人足矣。况内有兄弟互相师友，亦不至岑寂。

——《交友篇·慎择友》

注释

①"古人有言"二句：形容一生谦和忍让的人不会有损失。

②老氏：即春秋思想家老子。

③里闬（hàn）：里门、乡里。

④翻：反而。

⑤放于利而行：依据利之大小多寡而行。放，音"仿"，依照，见《论语·里仁》。

⑥萃：聚集。

⑦漏下二鼓：时到二更。漏，即更漏；古时视漏刻以传更，谓之更漏。

⑧贻：赠送，送给。

⑨安得：怎么可以。

⑩谨凛：敬慎小心。

⑪冀：希望。

⑫父母惟其疾之忧：父母只担忧子女生病。语出《论语·为政》。

⑬至哉斯言：这句话说得真好。至哉，极端的叹辞。

⑭投契：情意相合。

⑮匪人：行为不端的人。

⑯彀中：本谓弓矢所及之地；今指陷于术中。

⑰益滋乖张：越生不和。乖张，不和谐、不和好。

延伸阅读

"一纸书来只为墙，让他三尺又何妨。长城万里今犹在，不见当年秦始皇。"这是清代康熙朝名臣张英的《让墙诗》。民间对他的了解，多是源自著名的"六尺巷"故事，张英宽仁谦和的气度传为千古美谈，被后世视为楷模。而真正深入体现他优秀品德和人生智慧的，是他作为家训的《聪训斋语》。

张英（1637年—1708年），字敦复，号学圃，晚年号圃翁，安徽桐城人。康熙六年（1667年）进士，十六年（1677年）入值南书房。供职勤谨，应对称旨。康熙称其"有古大臣风"，将西安门内房屋赐其居住，开清代词臣赐居内城之先例。兼任太子太傅，迁文华殿大学士兼礼部尚书，民间俗称"宰相"。文学方面建树颇多，主持编撰过《国史馆文略》《大清一统志》《渊鉴类函》《政治典训》和《平定朔漠方略》等国家级图书。他是清代大名鼎鼎的三朝元老、名相张廷玉的父亲。父子两代为相在历史上传为佳话，桐城张氏家族也因出了父子宰相而声名大噪。

张英所作的《聪训斋语》就是桐城张氏的典范家训。张英说："予之立训，更无多言，止有四语：读书者不贱，守田者不饥，积德者不倾，择交者不败。尝将四语律身训子，亦不用烦言夥说矣。" 张英为人处世很有原则，他的家训概括起来就是低调处世，谦和做人，做好自己分内的事。通览全训，其核心精神和最终落脚点，即是"廉俭"和"礼让"，这也是张英为人处世的原则和真实写照。

在家训的规约以及父亲言传身教的榜样影响下，儿子张廷玉承前启后，延续父辈的懿德嘉行。他官至保和殿大学士，兼任军机大臣、太子太保，历仕康雍乾三朝，辅佐三代人主，身居高位达数十年之久，位高权重。他一生兢兢业业，克勤克俭，身处机要之地，却始终保持着清、忠、厚的美好品质。他死后配享太庙，有清一代，汉族官员获此殊荣者唯此一人。

李光地家训

谕 儿

"口不绝吟于六艺之文^①，手不停披于百家之篇^②；纪事者必提其要，纂言者必钩其玄^③。贪多务得，细大不捐^④，焚膏油以继晷，恒兀兀以穷年^⑤。"此文公^⑥自言读书事也。其要诀却在"纪事、纂言"两句。

凡书，目过口过，总不如手过。盖手动则心必随之。虽览诵二十遍，不如钞撮一次之功多也。况必提其要，则阅事不容不详；必钩其玄，则思理不容不精。若此中更能考究同异，剖断是非，而自纪所疑，附以辩论，则浚心愈深，着心愈牢矣。

近代前辈当为诸生时，皆有经书讲旨及《纲鉴》《性理》等钞略，尚是古人遗意，盖自为温习之功，非欲垂世也。

今日学才亦不复讲，其作为书、说、史、论等刊布流行者，乃是求名射利之故，不与为己相关，故亦卒无所得。盖有书成而了不省记者，此又可戒而不可效。

诫家后文

昔吾祖念次府君。起家艰难，十三岁能脱父冤狱，遂辍学营生以养亲。溪谷林麓之间，颠沛万状，至状岁渐赢。然自五十以前，率百里徒步不肩舆。尝曰：非力弗能胜，念亲苦也。伤以贫失学，课^⑦子孙为学敦甚。期望之殷，每形忧叹。尊师笃旧，乐善分灾，此吾祖所以崛起中微翼我后裔^⑧者也。前乙未、丙申间，家遭大难，陷贼十余口。渔仲府君，因心侧友^⑨，义不反兵，毁室复完，遂歼巨憝^⑩。鼎革之余，继以寇乱，祖里榛荒，坟庙毁墬。惟念府君，承先志而修之。辍其饔飧，宗族是事，焕新旧址，披识荒丘，虽

祖免以降，也不使有髋^⑪焉忽诸之恨。憔悴形神，焕属复收。西岗府君，继
惟念府君之后，整饬宗规，修明世牒，春秋朔望^⑫，疾病必亲。甲寅、乙卯
之年，闽乱大作，余既踪迹孤危，亦系家门祸福。耳属于垣^⑬，莫可计议。
白轩叔父，避世佯狂，阴相谋划，蜡丸赣岭，拜表西江^⑭，款诚既达，臣节
无隳。天吏南征，余孽尚炽，执锐披坚，掖余以济家世旧事，此其大略也。
夫世无百年全盛之家，人无数十年平夷之运。兴衰激极，存乎其人。昔者家
道单微，而祖振之，中更大难，而伯父平之。宗法凌替，而父与季父修之。
天狼妖星，薄蚀太阳，而六叔父与余艰贞以幸度之。此皆兴衰存亡之机，间
不容缓，原其所以克济，岂曰有他谬巧？亦云孝友未漓^⑮，本实存故枝叶未
有艾^⑯也。三十年来，颇安且宁，食禄通籍，遂称官家。尔等生晚，皆在此
三十年前后耳。身不预忧艰之事，耳目不接官吏诃诉之声，贵强桀大倨侮侵
凌之状，渐习骄惰，其势则然。夫先世既以孝友勤劳而兴，则将来也必以乖
暌放纵而败，吾生七十年间，所阅乡邦旧家，朝著显籍者多矣，荣华枯陨，
曾不须臾，天幸其可徼^⑰乎？祖泽其可恃乎？譬诸花木，不冲寒犯之，则其
根可护。譬诸炉焰，不当风扬之，则其火可缩。收敛约束，和顺谦卑，所以
护其根而缩其焰也。且况乎维桑与梓，古人必恭。巷路乡邻，孰非亲串。侮
老犯上，谓之鸱鸮；贪利夺食，谓之虎狼。吾等老成尚在，决不尔容，即祖
宗神灵在家，亦必不尔宥。况于不类子弟，每藉吾影似，以犯法理，尔不为
吾顾名节，吾岂为尔爱性命？国宪有严，亦必不尔宽也。

注释

　①六艺之文：这里的"六艺"指的是"六经"，即《诗》《书》
《礼》《乐》《易》《春秋》。古代六艺之说有两种：一是指礼、乐、射、
御、书、数六种技能；二是指六经，六经之说最早见于《礼记·经解》，后

由于《乐经》散佚，仅存《乐记》一篇并入《礼记》，因而实际上称为"五经"。

②百家之篇：韩愈《进学解》原文"篇"写作"编"。

③纂言者必钩其玄：编纂言论一定要探索精微。

④细大不捐：形容兼收并蓄无遗漏，无论大小都不抛弃。捐，抛弃。

⑤恒兀兀以穷年：比喻一年到头辛辛苦苦。兀兀，高耸突出，形容劳苦的样子；穷年，一年到头。

⑥文公：唐代文学家韩愈，谥号"文"，故称韩文公。

⑦课：督责。

⑧崛起中微翼我后裔：从中道寒微而后发展壮大，荫庇子孙后代。

⑨因心侧友：疑原文有误，应为"因心则友"。因心则友，语出《诗经·大雅·皇矣》："维此王季，因心则友。"指亲善友爱，讲究情谊。因，亲近。则，能。

⑩巨懟（duì）：元凶，大恶人。

⑪髐（xiāo）：这里指尸骨暴露。

⑫春秋朔望：这里指家庙祭祀的时间。

⑬耳属于垣：即隔墙有耳。

⑭蜡丸赣岭，拜表西江：这里指的是福建大乱时期，李光地叔父在乱中向康熙帝呈送《密陈机宜疏》一事，他们将奏疏封裹成蜡丸，抄小道赴京上疏。

⑮漓：浅薄。

⑯枝叶未有艾：枝叶没有停止生长。艾，停止。

⑰徼：同"侥"。

延伸阅读

《谕儿》和《诫家后文》是清代名臣李光地晚年订立的家训。这两篇家训被悬挂于李光地福建安溪故居的墙上，以便子孙随时接受先祖教诲。三百年来，李氏后人每到祭祖之时都要诵念一遍，以示不忘祖训。

李光地（1642年—1718年），字晋卿，号厚庵，别号榕村，祖籍福建泉州安溪，清康熙朝名臣，理学家。康熙九年（1670年）中进士，历任翰林编修、内阁学士、直隶巡抚、吏部尚书、文渊阁大学士等职，曾协助康熙帝平定三藩之乱。李光地为官五十载，竭忠尽智，清正有为，康熙帝感念他辅佐之功，先后御书"夙志澄清""夹辅高风""谟明弼谐"匾额以示嘉许。李光地不仅政绩彪炳，学术上也卓有建树。他热衷理学，一生勤于钻研，著述丰硕。他十九岁写《四书解》，二十岁作《周易解》，二十四岁辑《历象要义》。康熙四十五年（1706年），李光地奉旨编修《朱子全书》《周易折中》，以及审定《诗》《书》《春秋》《律吕正义》等书，一生著作达四十三种之多。清道光年间，朝廷主持编修《榕村全集》，共计一百七十五卷。康熙帝评价他"谨慎清勤，始终一节，学问渊博"，雍正帝赞扬他"学问优长""一代之完人"。

这两篇家训从不同的方面训示子孙。《谕儿》旨在劝勉儿孙勤学苦读。但学习除了勤奋，还需要讲究方法，传授子孙正确且有效率的学习方法，比单纯在精神上督促子孙勤勉向学更加实在。李光地深知这个道理，他将虚浮空泛的说教落到实处，教育子孙读书务必要眼、口、手、心并用，做到"学必有思"，还告诫后人做学问务必端正学风，讲求真才实学，切忌沽名钓誉。

《诫家后文》通过回溯先人创业之艰辛来告诫子孙后代积善惜福，李光地在文中严正申明："尔不为吾顾名节，吾岂为尔爱性命？国宪有严，亦必不尔宽也。"言辞冷厉,铁面无私,警告后人收敛约束自己的言行,安分守己,切勿心存妄念。

李氏后人恪守父辈的教诲,勤奋治学,谦卑做人,家族中曾出现了"四世十进士七翰林"的盛况。进入现代以后,海外的李氏宗亲还将家训文化带出国门,传播到当地的华人文化圈。这正应了李光地的那句诗:"家传一首冰壶赋,庭茁千寻玉树枝。"

"样式雷"家训（节选）

为人之本不外孝悌两端，古来大贤大杰都从这里做来，为子弟者在父兄前毋侮毋傲，尽孝尽悌，即或父兄惩责，亦必下气怡声，不可反唇抵触，则父乐有其子，兄乐有其弟，斯一室太和，诚为可庆。

心者，万物之本。心术正则人品端。古云，但存方寸地，留与子孙耕，旨哉此言也。近见好讼之徒……遇事生风，妄聚雪桥①，欲图微利，早丧心田，凡我子孙为永鉴戒。

万物本乎天，人本乎祖。春秋享祀是报本也，废祭吞公是灭祖也。

古者家有塾，党有庠，正所以作养人材，以应国家之用，然必隆师重道，庶学问方有进益。吾族子弟岂无俊秀，为父兄者当择师教训，切勿计较锱铢。即为子弟者亦不宜暴弃，致堕书香。

桑梓之地务必恂恂②自处，以敦亲睦近。见人家子弟举止轻狂，全无半点逊让，或倚父兄之势，或使血气之勇，凡我子孙，允为炯戒。

士、农、工、商，各有一业，天地间成事业者，大要皆从勤苦中得来。因见人家子弟不士、不农、不工、不商，呼朋引伴，酗酒呼众，败坏田产，荒废职业，凡我后嗣，俱宜猛省。

圣明之世鸡犬不惊，虽哺羹啜藜③，自有余乐，然必完官乃得自如，否则夏税秋粮，寅拖卯欠……座不安席，寝不安枕，有何益哉。

朋友有通财之义，君子有成人之美，一本之亲务须忧乐相关、有无相济，才是睦族的道理。窃叹世间人，钱财积而不散……范氏义田传为美事。凡我族属各宜勉旃。

注释

①雪桥：横越冰川中冰隙的雪的桥。这句话的意思是把不相干的事物联系起来无事生非。

②恂恂：恭谦谨慎的样子。

③哺羹啜藜：此指吃粗劣的饭菜。

延伸阅读

本篇摘编的八则"样式雷"家训原载于清初修撰的《雷氏宗谱》。原训共有十则，内容涉及个人、家庭、社会、国家四个方面。"样式雷"家训的最大特点就是以勤业厚德为核心的匠人精神的传承，而这与雷氏独特的家族背景有关。

江西永修"样式雷"家族是中国古建筑史上一个传奇，从康熙到光绪的两百四十多年间，一直为清朝皇室服务，负责皇家建筑的设计和营造，是皇家首席御用建筑师。雷家从第二代"样式雷"雷金玉开始，连续七代子孙执掌清廷样式房，因此，世人尊称他们为"样式雷"。今天闻名海内外的那些皇家建筑如故宫、北海、中海、南海、圆明园、万春园、颐和园、景山、天坛、清东陵、清西陵、承德避暑山庄，以及京城大量的王府、私宅、园林等，均出自雷家人之手。中国被纳入世界文化遗产的建筑设计中有五分之一都是"样式雷"的杰作，"样式雷"的建筑图档是目前所发现的中国古建筑史上仅有的档案记载，已入选联合国教科文组织的世界记忆名录，是公认的世界瑰宝。"八代样式雷，半部古建史。""样式雷"家族几乎承包了中国古建筑的半壁江山。

"样式雷"从鼻祖雷发达开始人才辈出，代代匠师都留有足以载入史册的杰出作品。美轮美奂的古建筑作品，高超精湛的建筑技术，不仅凝聚着历代"样式雷"的智慧和心血，更彰显了雷家匠师们以技报国的匠人追求。这份朴素的匠人精神渗透进雷氏的家训，最终缔造出雷氏勤业厚德的工匠家风。

"做事先做人，立业先立德。""样式雷"家族不仅要求子孙精研技艺，勤勉治业，还注重他们的德行培养，追求德艺双馨。"将利心退净，为公而当差""不贪不吝，诚信做人"，这些都是写在家训中的规条，两百多年来，雷氏家族的匠师们也始终恪守这一原则，他们从不额外赚取一文钱财，即使是误收或者少付些许金钱，也一定要退还或补付给对方。第七代"样式雷"雷廷昌曾以诗言志："苦读诗书二十年，乌纱头上有青天。男人要登凌云阁，第一功名不爱钱。""人间富贵花间露，纸上功名水上鸥。识破事情天理处，人生何必苦营谋。"

"忠厚传家久，诗书继世长。""样式雷"虽然是工匠世家，却以诗书传家。他们以家书的形式传递技艺、沟通感情，在国家图书馆，至今还保存着"样式雷"家族230余封家书。一代代的"样式雷"通过家书的形式将优秀的家风家训代代相传，而雷氏家族的子孙们也不负先祖厚望，敬业修德，严于律己，最终造就了绵延两百年的家族佳话。

特色家规

早在人类社会产生之初，我国就出现了原始的家族规范。先秦两汉时期，我国的家规一直缓慢发展，内容零散不成文，未成体系。魏晋南北朝时期，在极度动乱的社会环境中，中国的家规发展步伐加快，诸葛亮《诫子书》以及颜之推《颜氏家训》的出现，表明我国家庭教育已经迅速发展，这为家规的形成提供了良好的基础。到了唐代，统治者提倡居家要重"礼法"，居家的"礼法"与"家法"，当时被人称为"家规"，中国的成文家规，也就由此时开始，《义门家法三十三条》便是这一时期较有代表性的家规。从唐代到元末，制定家规的家庭和宗族在增加，家规的种类与内容也在丰富，但总的来看，这一时期家规的发展显得缓慢平稳。明清是中国家规的成熟、兴盛时期，众多达官显贵和社会名流都纷纷订立家规，由于帝王的推崇和家规本身内容的丰富完备，《郑氏规范》成了该时期人们制定家规时效仿的重要标杆。明清是程朱理学高度发展的时期，这也在家规中留下了深深的印记。同时，家规中惩罚性的规条明显增加，惩罚力度也明显加强，家规的内容也十分完备，这一切，都显示中国的家规步入了成熟时期。

义门家法三十三条（节选）

《易》曰：家正则天下定，是治家之道，古犹病诸。故圣人垂五教[①]，敦九族，使后人知夫父子兄弟夫妇之道耳。吾家袭秘监之累功，承著作之贻训，代传孝悌，世业诗书，由是子孙众多，上下雍睦，迄今存殁十一代，曾玄[②]数百人，贻厥孙谋，承其余庆。我圣王诞敷孝治，恢振义风，锡[③]以渥恩，阖宗荣耀。崇所虑者，将来昆云渐众[④]，愚智不同，苟无敦睦之方，虑乖[⑤]负荷之理。深唯远计，今设之以局务，垂之以规程，推功任能，惩恶劝善。公私出纳之式，男女婚嫁之仪，蚕事衣妆，货财饮食，须令均等，务求和同。令子子孙孙无间言而守义范也。

一、立主事一人，副两人，掌管内外诸事。内则敦睦九族，协和上下，束辖弟侄。日出从事，必令各司其职，勿相争论，照管老少应用之资，男女婚嫁之给，三时茶饭，节朔[⑥]聚饮，如何布办。外则迎接亲姻，礼待宾客，吉凶筵席，迎送之仪，一依下项规则施行。此三人不拘长少，但择谨慎才能之人任之，不限年月。倘有年衰乞替，请众详[⑦]之，相因择人替之，仍不论长少。若才能不称，仍须择人代之。

一、立库司二人作一家之出纳[⑧]，为众人之标准，握赏罚之二柄，主公私之两途，惩劝上下，勾当[⑨]庄宅，掌一户版籍、税粮及诸庄书契等。应每年送纳王租、公门费用，发给男女衣妆，考校诸庄课绩，备办差使应用，一依下项规则施行。此二人亦不以长幼拘，但择公平刚毅之人任之，仍兼主庄之事。

一、诸庄各立一人为首，一人为副，量其用地广狭以次安排。弟侄各令首副管辖，共同经营，仍不得父子同处，远嫌疑也。凡出入归省须候庄首指挥给限。自年四十以下归家限一日，外赴同例。执作农役，出入市廛买卖使钱，须具账目回库司处算明。稍不遵命，责以常刑。其或供应公私之外，田产添修，仓廪充实者，即于庄首副衣妆上次第加赏。其或怠惰，以致败阙者，则剥落衣妆重加惩治。应每年收到谷斛至岁晚须具各庄账目归家，以待考课，并由库司检点。

一、差弟侄十人名曰宅库人，付掌事手下共同勾当。一人主酒、醋、曲蘗等。二人知⑩仓碓，交领诸庄供应谷斛，并监管庄客逐日舂米，出入上簿，主事监之。二人知园圃、牛马猪羊等事，轮日抽雇庄客锄佃蔬菜以充日用。一人知晨昏关，锁门户，早晚俟候弟侄出入勾当。四人管束近家四原田土，监收禾、谷、桑、柘、柴薪，以充日用。共酌量优劣，一依主庄者次第施行。

一、立勘司一人，掌卜勘男女婚姻之事，并排定男女第行。置长生簿一本，逐年先抄每月大小节气，转建于簿头，候诸房诞育男女，令书时申报，则当随时上簿。至排定第行，男为一行，女为一行，不以孙侄姑叔，但依所生先后排定，贵在简要。自一至十，周而复始。男年十八以上则与占勘新妇，稍有吉宜，付主事依则施行求问，至二十以上成纳，皆一室，不得置畜仆隶。女则候他家求问亦属勘司酌当。此一人须择谙阴阳术数者用之。

一、丈夫除令出勾当外，并付管事手下管束。逐日随管事差使执作农役，稍有不遵者，具名请家长处分科断。

一、弟侄除差出执作外，凡晨昏定省⑪事，须具巾带衫裳，稍有乖仪，当行科断。

一、立书堂一所于东佳庄，弟侄子姓有赋性聪敏者令修学，稍有学成应举者，除现置书籍外，须令添置。于书生中立一人掌书籍，出入须令照管，不得遗失。

一、立书屋一所于住宅之西，训教童蒙。每年正月择吉日起馆，至冬月解散。童子年七岁令入学，至十五岁出学，有能者令入东佳。逐年于书堂内次第。抽二人规训，一人为先生，一人为副。其纸笔墨砚并出宅库，管事收买应付。

……

一、命二人学医，以备老少疾病，须择谙识药性方术者。药物之资取给主事之人。

一、厨内令新妇八人，掌庖炊之事。二人修羹菜，四人炊饭，二人支汤水及排布堂内诸事。此不限日月，迎娶新妇，则以次替之。

……

一、立刑杖厅一所，凡弟侄有过，必加刑责，等差列后。

一、诸误过失，酗饮而不干人者，虽书云"有过无大"，尚既不加责，无以惩劝，此等各笞五下。

一、持酒干人，及无礼妄触犯人者，各决杖十下。

一、不遵家法，不从家长令，妄作是非，逐诸赌博斗争伤损者，各决杖一十五下，剥落衣装，归役一年，改则复之。

一、妄使壮司钱谷入于市肆，淫于酒色，行止耽滥⑫，勾当败缺者，各决杖二十，剥落衣装，归役三年，改则复之。

大唐大顺元年庚戌，七世长银青光禄大夫、检校右散骑常侍、守江州长史兼御史大夫赐紫金鱼袋崇立

——《陈氏大成宗谱》，1924年本，卷首，《义门家法》

注释

①五教：即父义、母慈、兄友、弟恭、子孝五种伦理道德的教育。

②曾玄：即曾孙和玄孙，泛指后代。

③锡：赏赐。

④昆云渐众：后嗣越来越多。昆，指子孙后代。

⑤乖：古时指背离、违背、不和谐。

⑥节朔：节日和朔日。泛指节日。

⑦详：弄清楚，详细地知道。

⑧出纳：古代指家庭财务收支等方面的管理。

⑨勾当：指营生、行当。

⑩知：主管。

⑪晨昏定省：古时侍奉父母的日常礼节，即晚间服侍就寝，早上省视问安。《礼记·曲礼上》："凡为人子之礼，冬温而清，昏定而晨省。

⑫耽滥：指行为放纵无节制。耽，即沉溺；滥，即不加节制。

延伸阅读

义门陈家规由《家法三十三条》《家范十二则》和《家训十六条》构成，其创制者最早可以追溯到义门陈氏第三任族长陈崇。限于篇幅，本篇节选了《家法三十三条》的部分内容，原文摘编自《陈氏大成谱》首卷，该谱修成于道光二十七年（1847年），几经流传翻刻，版本各异，内容难免讹误，但基本内容和精神内核是一致的。

义门陈氏，亦称为江右陈氏、江州陈氏，是发源于江西省德安县车桥镇的一个传奇家族。义门陈氏被史学界誉为"世界奇观"，号称"天下第一家"。这一家族存世已有千年之久，兴于唐而盛于宋，开基始祖是陈朝岳阳王五世孙陈旺。公元731年，陈旺因官置业，建庄浔阳县蒲塘场太平乡永清村，一代代繁衍生息、开枝散叶，至北宋嘉祐七年（公元1062年）奉旨分家。义门陈氏创造了十五代不分家、三千九百余口人聚族而居三百三十二年的惊人纪录，成为中国封建社会中人口很多、文化很盛、和谐团结很紧密的大家庭，是古代封建社会的家族典范。唐僖宗李儇御笔钦赐"义门陈氏"匾额，并赐赠柱联："九重天上旌书贵，千古人间义字香"；宋太宗赵光义敕赐："聚族三千口天下第一，同居五百年世上无双。"大批文人墨客、官宦大儒，如苏东坡、欧阳修、晏殊、寇准、文彦博、吕蒙正、陆游、朱熹等，更是挥毫吟咏，留下了浩如烟海的锦绣诗篇，有史书和文献记载的就达三百余篇。

为了维持家族的有序运转，使家族持续发展、兴旺昌盛，必须要有相适应的法规予以制约和保障。公元890年，陈旺六世孙陈崇主持制订了家规，全面而具体地规范了家族成员的思想行为，是保存至今最早的成文家法族规之一。家训和家范侧重规范家族成员的思想，训导家族成员孝顺重亲、团结和睦、明德修身、禁绝为非，形成良好家风传承后代；家法侧重规范家族成员的行为，是家族事务的具体管理办法，核心思想是"均等""和同"，特别是"不得置仆隶"、新媳妇必下厨房劳动等规条，充分体现了"一公无私"的本质与内涵，被宋朝奉为"齐家"的典范，作为典律样板在全国推广。

整部义门陈家族规范集中体现了忠孝仁义的儒家理念，闪耀着民主和智慧的光芒，在维系陈氏义门的发展中发挥着至关重要的作用，同时也对当时社会产生了重要的影响，许多内容，比如推贤荐能的用人之道、重视教育的育人之道、严格的财物管理制度以及和睦和谐的家风，至今仍然有借鉴意义。

郑氏规范（节选）

一、子孙入祠堂者，当正衣冠，即如祖考^①在上，不得嬉笑、对语、疾步。晨昏皆当致恭而退。

一、宗子上奉祖考，下壹^②宗族。家长当竭力教养，若其不肖，当遵横渠张子^③之说，择次贤者易之。

一、家长总治一家大小之务，凡事令子弟分掌，然须谨守礼法以制其下。

一、家长专以至公无私为本，不得徇偏^④。如其有失，举家随而谏之。然必起敬起孝，毋妨和气。若其不能任事，次者佐之。

一、为家长者，当以至诚待下，一言不可妄发，一行不可妄为，庶^⑤合古人以身教之之意。临事之际，毋察察而明^⑥，毋昧昧而昏^⑦，须以量容人，常视一家如一身可也。

一、择端严公明、可以服众者一人，监视诸事。四十以上方可，然必二年一轮。有善公言之，有不善亦公言之。如或知而不言，与言而非实，众告祠堂，鸣鼓声罪，而易置之。

一、立劝惩簿，令监视掌之，月书功过，以为善善恶恶^⑧之戒。有沮^⑨之者，以不孝论。

一、立家之道，不可过刚，不可过柔，须适厥^⑩中。凡子弟，当随掌门户者轮去州邑练达世故，庶无懵暗不谙事机之患。若年过七十者，当自保绥^⑪，不宜轻出。

一、新管所管谷麦，必当十分用心，及时收晒，免致蒸烂；收支明白，不至亏折；关防勤谨，不至透失。赏则及之，若有前弊，罚本年衣资绵线不给。如遇称收繁冗，则拨子弟分收之。

一、子孙以理财为务者，若沉迷酒色、妄肆[12]费用以致亏陷，家长覆实罪之，与私置私积者同。

一、子弟当冠，须延[13]有德之宾，庶可责以成人之道。其仪式尽遵《文公家礼》[14]。

一、子弟已冠而习学者，每月十日一轮，挑背已记之书，及谱图、家范之类。初次不通，去巾一日；再次不通，则倍之；三次不通，则分紒[15]如未冠时，通则复之。

一、婚嫁必须择温良有家法者，不可慕富贵以亏[16]择配之义。其豪强、逆乱、世有恶疾者，毋得与议。

一、子孙器识[17]可以出仕者，颇资勉之。既仕，须奉公勤政，毋踏贪黩，以忝[18]家法。任满交代，不可过于留恋；亦不宜恃贵自尊，以骄宗族。仍用一遵家范，违者以不孝论。

一、子孙倘有出仕者，当夙[19]夜切切[20]，以报国为务。忧恤下民，实如慈母之保赤子；有申理者，哀矜恳恻[21]，务得其情，毋行苛虐。又不可一毫妄取于民。若在任衣食不能给者，公堂资而勉之；其或廪禄[22]有余，亦当纳之公堂，不可私于妻孥[23]，竞为华丽之饰，以起不平之心。违者天灾临之。

一、为人之道，舍教其何以先？当营义方[24]一区，以教宗族之子弟，免其束脩[25]。

一、宗人若寒，深当悯恻。其果无衾[26]与絮[27]者，子孙当量力而资助之。

一、子孙固[28]当竭力以奉尊长，为尊长者亦不可挟此自尊。攘拳奋袂[29]，忿言秽语，使人无所容身，甚非教养之道。若其有过，反复谕戒[30]之；其不得已者，会众篷之，以示耻辱。

一、秋成谷价廉平之际，籴五百石，别为储蓄；遇时阙食，依原价粜给乡邻之困乏者。

一、家业之成，难如升天，当以俭素是绳^㉛是准^㉜。唯酒器用银外，子孙不得别造，以败我家。

一、吾家既以孝义表门，所习所行，无非积善之事。子孙皆当体^㉝此，不得妄肆威福^㉞，图胁^㉟人财，侵陵人产，以为祖宗积德之累，违者以不孝论。

注释

①祖考：已故的祖先。

②壹：统一。

③横渠张子：北宋理学家张载。张载是山西眉县横渠镇人，世称横渠先生。

④徇偏：徇私偏袒。

⑤庶：差不多。

⑥察察而明：在细枝末节上显示聪明。

⑦昧昧而昏：糊涂昏昧。

⑧善善恶恶：嘉许善事，憎恶恶事。

⑨沮：破坏毁损。

⑩厥：代词，其。

⑪保绥：安宁。

⑫妄肆：恣意妄为。

⑬延：聘请。

⑭《文公家礼》：朱熹撰的一本礼书。

⑮紒（jì）：束发成髻。

⑯亏：违逆。

⑰器识：器量见识。

⑱忝：辱没。

⑲蚤：通"早"。

⑳切切：务必。

㉑哀矜：哀悯。恳恻：诚恳恻隐。

㉒廪（lǐn）禄：廪，官府发给的粮食。禄，俸禄。

㉓孥（nú）：儿女。

㉔义方：行事应当遵从的规矩准则，此指教以义方的处所。

㉕束脩：原指扎成一捆的干肉，泛指古代人入学拜师的礼物。

㉖衾：被子。

㉗絮：粗丝棉，这里指棉衣。

㉘固：本来。

㉙攘拳奋袂（mèi）：攘，卷起；袂，袖子。

㉚谕戒：教导警告。

㉛绳：准则。

㉜体：体会。

㉝妄肆威福：任意妄为、作威作福。

㉞图胁：谋划胁迫。

延伸阅读

《郑氏规范》是明朝初年，在大儒宋濂的帮助下，郑氏八世孙郑涛等人将郑氏此前零散的家族规范加以整理、缀编而成的家族规章制度。作为中国家规史上的一部重要代表作品，《郑氏规范》的产生有着深刻的社会背景，也有着郑氏家族的内部因素。元明时期，统治者出于稳定统治的需要，对程朱理学大加推崇，程朱理学要求家庭要有严整有序的礼仪制度，这就促使统治者对家族的家规家教格外关注，这是《郑氏规范》产生的社会背景。同时，元末明初时期，郑氏家族人口已经千余人，家族规模已经很大了。家族人口的增多和家族规模的扩大，使得家族内部组织上难于管理，矛盾频现，郑氏家族的管理者意识到，为了家族长盛不衰，有必要制定一部完备合理的家族规范。在这样的情况下，《郑氏规范》应运而生。

浦江义门郑氏家族，自南宋理宗宝庆三年（1227年）开始合族聚居，直至明英宗天顺三年（1459年）因火灾被迫分居，中间历经宋、元、明三朝，计二百三十二年，创造了中国家族史上的一大奇迹。《宋史》《元史》《明史》皆为其立传，明太祖朱元璋于洪武十八年（1385年）敕封郑氏为"江南第一家"，并御笔题写"孝义家"三字以示旌表，可见该家族的巨大影响力。在聚居过程中，浦江郑氏形成了系统完备的治家思想，集中地体现于一百六十八则的《郑氏规范》。

从思想内容上看，《郑氏规范》是以儒学为指导，教育子孙践行修齐治平的儒家理想。和以往大多家规一样，《郑氏规范》以儒家的伦理纲常思想来全面规范家族中人的言行举止，但它区别于以往家规的一个重要特点是引入了许多惩戒性的规条，从而使家规更规范化、体系化。《郑氏规范》的另一个特点是，将经济活动引入家规之中，以往的家规往往都在讲个人品行修养，以儒家修身戒条为主，很少涉及家族的生产经营。郑氏家族的管理者意识到，家族生产经营对家族的生存和发展有着重要影响，因此在家规中设立了关于家族经营的规条，这反映了这时的家规更加趋于务实。

　　《郑氏规范》编订后，浦江郑氏迎来了发展的全盛时期。为提高家族成员文化水平，郑氏广建学馆，延请宋濂、方孝孺等海内大儒来执教，为郑氏培养了大批人才。更关键的是，帝王的表彰，给郑氏带来了前所未有的发展机遇，大批郑氏子弟出仕为官，浦江郑氏也由此成为名扬天下的大家族。永乐皇帝即位后，由于浦江郑氏在靖难之役中支持建文帝，郑氏逐渐丧失了朝廷的优遇，从而开始步入低谷。明英宗天顺年间，郑氏家族遭遇了一场大火，损失惨重，郑氏十几世的聚居也因为这场大火画上了句号。此后，浦江郑氏走上了分居之路，子孙开始流散。

　　《郑氏规范》虽然是郑氏一家一族之规，但因为其内容广博，特点鲜明，一经公布，便引起了社会的重视，时人赞道："岂惟一家之规，行之天下可也。"《郑氏规范》是我国家法族规史上的代表性著作，对后世家法族规的发展产生过巨大影响。后世家族订立的家法族规，均直接或间接地从中汲取养料。《郑氏规范》中大量的治家、教子、处世、劝学的家规族训，有着极强的教化作用，对国家与社会的稳定产生了深远的影响。明太祖评价《郑氏规范》："人家有法守之，尚能长久，况国乎。"并在制定明代法律中引入了许多《郑氏规范》的内容。

　　《郑氏规范》以其丰富而独特的内容，以及极具特色化的教化实践，在中国家族制度史上有着重要的地位，它对中国家族规训的发展与完善乃至整个封建社会的稳定都起到了积极的作用。

董氏大宗祠祠规（节选）

遵圣训：每季仲月朔、望日①，悬高皇帝圣谕与孔子圣像于祠。合族老幼及六班管事，咸集祠下。赞礼者先唱，排班行五拜三叩头礼，复行四拜礼。毕唱，分班团揖，宣"孝顺父母，尊敬长上，和睦乡里，教训子孙，各安生理，毋作非为"六句。毕，又诵《大学》首章。毕，供茶。当班斯文，举经书一二条发明，次陈古人孝顺事实，为善阴骘②一二段。又次陈各人身家日用修行何如，孝友何如，义利何如，伦理何如。虚心商订，务以德业相劝，过失相规为事，庶圣训彰而圣修密矣。

崇礼教：先世以礼立教，冠婚祭葬，皆有旧章③。行之虽不能尽者，然吾家传人习，颇有条理。……祭礼一节，近尚繁盛。虽是从厚，不免过中。自大宗祠时祭以至小宗各祭，杀牲大多浪费无益。合酌量多寡，享神散胙④之外，稍有赢余，积为义仓，以时给散。……葬礼一节，丘墓远近不一，合各竖碑，以垂永久。间有远祖附葬者，公议出田附之。敢有私自盗葬，如律迁改议罚。间有恃强谋占，弱宗风水，合力举迁重罚，以正薄俗。暴露不葬者，以不孝惩治。

敦俭朴：先世以俭朴起家，吉凶行礼，不致大费。初丧斋戒葬祭，称家有无。宾至探访，片纸通名。凡设席，一席五果五肴三汤，不加插，三人共之。宫室无雕绘，衣服无罗绮⑤，饮食无异品，皆有古意。……丧礼禁散帛，奉宾饼果蔬菜外，不用花饼煎果等。虚居室衣服，一还于朴。共敦俭约，以复古道。江右本瘠土之民，吾宗尤人稠地窄，饶益⑥甚难。苟不加节，何以为生？念之！念之！

息争竞：本族人繁，田土户婚不无争竞。若能虚心观理，持以谨让，则何事不息？迩来乃有倚恃富强，生事暴害。或一言激忿，亡身及亲。……近时中劝者，容有不量二家之贫富强弱，只以酒食之丰约⑦为敬慢，遂令是非不白，徒尔弥费其间，殊为可鄙！自今各班，只令二家合银公费，计本班人数，一人一日，约费一二分。如十人，只一二钱为止，毋得浪费。即有作中不成，亦不许徇私唆帮，自同悔恶，违者重罚。

积阴德：夫阴德者，阴行善道而不使人知也。如日用行持，存好心，干好事。……从古圣贤，只在此处用功。尝稽吾先世，有能体此者，子孙皆昌；不能体此者，子孙皆亡。存亡之迹，历历⑧有征；施报之验，昭昭不爽。可不戒哉！可不勉哉！

修武备：吾族自司徒公迁居流坑，世称乐土，而未尝有警。自藻公武试大魁，世有武烈，至今渐废，或亦作养之未尽欤？自今以始，合择子弟中有才智勇力者，教之习射。使步箭、马箭、论策三场闲熟，应期进取，以继先世之业。其次于每岁收成后，各房择子弟义勇者，公出力请教师，修戎器，习武艺，以为地方之防。……

勤职业：……吾宗士民生而聪俊者，以读书业举为事；生而质鲁者，以稼穑版筑⑨鱼盐为事。各求生理，不许游手坐食。……读书为生员者，或帮讼出入公门，有玷行止；游宦者或贪酷赃败，贻笑乡邦者，终身耻辱，不许入祠。

端蒙养：……每岁延文义优长者为举业之师，行谊端方者为童蒙之师。择族中子弟之聪俊者，群而教之。未成材，教之歌诗习礼，以养其性情；已成材，每季仲朔候考校三场，以验其进修。庶成人有德，小子有造⑩矣。

宗正学：学以孔子为宗。孔子晚年，以《大学》传曾子曰：明德亲民止至善知止是入门，定静安虑事物先后是实地，致知格物是实功。修身立本，是致知格物实下手处也。明此而正心诚意，本立而德明矣。明此，齐家、治国、平天下，末治而民亲矣。……

注释

①朔、望日：朔日，指农历每月初一；望日，指农历每月十五。

②阴骘（zhì）：阴德。

③旧章：往日的规章制度。

④胙：祭祀用的肉。

⑤罗绮：丝织衣物。

⑥饶益：增益财富。

⑦丰约：丰富与匮乏。

⑧历历：清晰的样子。

⑨版筑：建筑之类的职业。

⑩造：成就，功绩。

延伸阅读

这里选取的《董氏大宗祠祠规》，原文见于万历十年（1582年）的董氏族谱。文字出于董氏族人董燧之手。据记载，嘉靖四十年（1561年），福建、广东一带的流寇窜入江西赣南、吉安、抚州诸县，流坑村惨遭洗劫，董氏宗祠和宗谱在盗寇的烧掠中付之一炬。嘉靖四十二年（1563年），六十一岁的董燧从南京官任上致仕返乡，为团结族人、凝聚人心，开始主持董氏宗祠和祠规的重建、重修工作，这份《董氏大宗祠祠规》就是在族人公议后由董燧执笔撰成（小引部分由董极撰写），万历二年（1574年），祠规正式撰写完成。

董燧（1503年—1586年），字兆时，号蓉山，董氏二十二代孙，明代著名理学家。自幼勤勉好学。他先后求学于当时的名儒欧阳德、王艮，醉心于阳明心学，与罗洪先、聂豹、钱德洪、罗汝芳等誉满学林的名流交游。嘉靖十年（1531年）中举，曾任湖广枝江县知县、福建建宁府同知等职，为官清廉，治政有方，名重一时。嘉靖中期，朝廷奸臣当道，宦官弄权，加之朝中权贵的打压，董燧放弃仕途，辞官返乡。回到流坑后，他致力于振兴董氏家族，从精神和物质两个层面同时入手，为流坑董氏文化的构建与丰富做出了重大贡献。

董燧主持制定的《董氏大宗祠祠规》由小引、条例以及后序构成，条例部分共十四条，囿于篇幅，本文节选了其中的九条。其主要内容涉及个人品行修养、家族生产经营、家族成员教育、家族治安强化等多个方面。从它的指导思想来看，《董氏大宗祠祠规》以儒家的礼法思想为指导，用忠孝节义来严格规范族人的言行举止；包含了大量端正风俗的具体规条，并规定了许多针对败坏风俗行为的惩戒性措施；重视教育，倡议设立书院学馆；包含了强化治安、稳定社会秩序的措施。总的来说，《董氏大宗祠祠规》是一篇充满儒家礼法思想、全面细致的家族管理文件。它集中反映了董氏家族的家风家德，是董氏家规发展的一个里程碑，影响非常深远，清代至民国期间流坑董氏续修家谱时，大都全文抄录或者大规模沿用。这份家规，堪称流坑董氏家族治村治族的基本方略。

位于江西省乐安县牛田镇东南部的乌江之畔的流坑村是一座典型的江右古村。始建于五代时期，至今天已有千余年。一千余年来的风雨沧桑，深刻地改变着这个村子的面貌，但是，定居在这个村子的董氏家族一直凝聚团结，没有随着浩浩荡荡的历史大潮而风流云散。更令人称奇的是，董氏家族子孙繁盛，代有才人，其族人名登科甲、入仕为官之众在江西的大姓中都是十分罕见的，加之其善于治家，从而受到了历代名人的称扬褒奖。王安石、曾巩、朱熹、周必大、文天祥、杨士奇、聂豹等人或题写匾额，或赠送诗文，对流坑董氏的家德家风大加称赞，使得流坑董氏名闻天下。

直到今天，流坑董氏仍是江右村落文化的一张名片，其家族繁盛历史文化的取得，与其家风有着密切关系，这份《董氏大宗祠祠规》就是流坑董氏家风的载体。

袁氏家教十则（节选）

第一　教孝慈

凡为父母，未有不慈爱其子者，但不可姑息失教。盖小而顺其欲，长必骄傲成性；小而佚①其身，长必放荡成习。至于习惯性成，从而加之儆戒，督以扑责②，则反相夷③相恶。有怨憾父母灭天理而不畏者，有抵牾父母蔑王法而不惧者，有父母疾痛父母饥寒等之途，人若罔闻知者，由是犯上作乱，忘身辱亲，不惟致戮④伦常，而且有玷风俗。故《论语》开卷教弟子之法，首重孝悌，圣人爱之，能勿劳乎，⑤一语真严以成慈之至道。而立教之方必自孩提天性未满之日，多方引诱，极力教戒，俾之用心理会，身体力行，在家为孝子，出门为忠臣。古语云：严父出孝子，慈母多逆儿。为父母者慎思之。

第二　笃友恭

诗云："式相好，无相犹。"⑥兄弟友恭之道，顺亲之道也。孔子赞唐棣曰："父母其顺矣乎，希贤希圣⑦，只在庸近无奇耳。"今之兄弟有析烟⑧而基业相争、钱谷相较伤和者，有妇女偏见奴婢小耳⑨而参商⑩者，在彼识见不广，惟知锱铢苟利，在此局量褊浅，必与争讼到底。天性之中，肆起戈矛，父母忧煎，何异操刀相加？以此思之，是不友不恭之兄弟，真大不孝之兄弟也。自古易得者外物，难得者兄弟，尤难得者，兄弟和而父母顺。一友恭而百逆消，百顺至万福生，吾愿公族共勉为友恭之兄弟。

第三　急国课

自古上给下以田亩，下报上以总⑪秸。米粟践土，食毛奉公，为先风俗醇厚之世。……语曰："要得安，先输官。"凡子孙于每年开征后，宜即办纳，尽忠孝本相。因此急国课即士庶忠上，要务勉之。

第四 正心术

人生祸福成败，莫不基于心术。心术一坏，即富贵亦消乏也；心术一端，即贫贱亦昌达也。天道循环，降鉴不爽，总由一心所造耳。即以目今论之，凡见人之发达者，必有为善之祖父；困乏者，必有行恶之先人。劝人为善，戒人为恶，叠见于五经四书者，惟在存理遏欲，为希圣希贤之本。

第五 立人品

所云："人品者，不在富贵功名上论，在言轨行端上论也。人苟所言阴毒，所行贪刻，荣显亦为小人，素封亦终困乏。人苟言皆天理，行皆忠厚，即贫贱亦为君子，单寒亦终发富。"凡我公族各宜辨别公私邪正，养品行于素，修言寡口⑫，过行⑬鲜怨，恶将穷不失义，达不离道，不惟无因身辱亲之端乃正，有当于言扬行举之选者也。古语有云："宁为真小人，毋为假君子。"

第六 专执业

士农工商，皆生人之路，外此则业非其正矣。大凡子孙天分最高，才智过人者，命业为士，……次则务本力农，因天之时，顺地之宜，尽人之力。……如或读书不成，耕亦无力，则因其才而为工为商……业无大小，司事专精……

第七 尚勤俭

书曰："克勤克俭。"是勤俭两字，帝王且然，况士庶之家乎。盖勤者，所以专其志也，志专则业精，业精则人无旷职，此成家之本也；俭者，所以节其用也，用节则积厚，积厚则饥馑⑭无虑，此起家之源也。今时世风奢侈，勤或有之，俭则难持。大凡居家必也，房屋不必过华，衣冠不必过美，饮食不必过丰，亲朋往来不必过费，生子满旬不必延宾，冠昏丧祭不可越礼。六者能谨，庶几养其源而节其流，家道昌而乡俗美，吾族其倡首率之。

第八　广忠厚

先人懿言善行难以枚举，尝闻先大父传述家训曰："处穷约时当思守分，处富贵时要知惜福。"……

第九　设义学

吾族子弟资性，可读者甚多，但有穷而不能读者，有师非其人而读或不成者，今拟祠堂左右设立义馆⑮，族中有学德俱优者，择之为师，凡有力者则量出供应，束脩⑯以资诵读，无力者则量为资助，令其专心肄业⑰。教者必尽其职，学者务领其益。学者勿忘其本，教者勿市⑱其德，斯一本之谊笃，而祖先之业可继矣。我伯叔兄弟共虑行之。

第十　遵礼制

孟子曰："杨墨之道不息，孔子之道不著。"读圣贤之书而不达周孔⑲之礼，敢言圣人之徒哉！……当大事奄临，务宜恪遵礼制，宁戚⑳宁俭，慎勿蹈习流俗，有坏名教。

注释

①佚（yì）：同"逸"，放荡；放纵。

②扑责：责打。

③夷：伤，受伤。

④斁（dù）：败坏。

⑤圣人爱之，能勿劳乎：语出《论语·宪问》："子曰：'爱之，能勿

劳乎？忠焉，能勿诲乎？'"

⑥式相好，无相犹：语出《诗经·小雅·斯干》："兄及弟矣，式相好矣，无相犹矣。"

⑦希贤希圣：指效法以前的圣人和贤人。

⑧析烟：分立炉灶，指分家。烟，炊烟。

⑨小耳：这里指中伤的话。

⑩参商（shēn shāng）：指的是参宿与商宿，二者不同时在天空出现。比喻亲友不能会面，也比喻感情不和睦。

⑪总：这里指连穗带秆的禾把子。

⑫修言寡口：注意自己的言语，不多说话。

⑬过行：错误的行为。

⑭饥馑：灾荒。

⑮义馆：义务创办的族学。

⑯束脩：古代学生与教师初见面时，必先奉赠礼物，表示敬意，被称为"束脩"。

⑰肄业：修业；学习。

⑱市：交易；商品买卖。

⑲周孔：周公和孔子。

⑳戚：悲伤。

延伸阅读

《袁氏家教十则》是湖北公安袁氏的家规，载于乾隆甲寅（1794年）修撰、咸丰戊午（1858年）刊刻的《袁氏族谱》。它与《袁氏家戒十条》一起从正反两面对袁氏族人进行教育和警诫。袁氏家规以"立德"和"做人"

为核心，以情动人，以理服人，传家二十多代、五百多年，不仅使公安袁氏发展壮大，培养出了"公安三袁"（袁宗道、袁宏道、袁中道）这样的出色人物，而且对公安当地及后人都有广泛深远的影响。

"公安三袁"是我国明代著名的文学家，是公安派的代表人物。他们反对前后七子的复古主义，倡导文学革新，主张通变，标举"独抒性灵，不拘格套"，并且顺应时代潮流，提倡通俗文学，推重民歌小说，为我国文学的发展做出了重要贡献。袁宏道是三人中文学成就最高者，他的性灵说，是公安派的理论纲领，其散文特色鲜明，清新明畅，是晚明小品文的代表。郁达夫曾赞"三袁"："以振衰起绝而论，他们的功业，也尽可以与韩文公（韩愈）比比了。"

"三袁"能够有出色的成就和品德，与公安袁氏的家规家风密切相关。公安袁氏的远祖本初公明朝洪武末年迁到公安县定居。此后，袁氏族人垦荒种地，勤俭持家，到"三袁"祖父袁大化时，已经成为村里有名的富户。在艰苦创立家业的过程中，袁氏制订了《袁氏家教十则》和《袁氏家戒十条》以教育子孙族人。《家教》从正面告诉族人应该怎么做，规定了做人的标准；《家戒》则从反面告诫族人哪些不能做，为他们画出了做人的红线。

袁氏家教注重立德做人，"穷不失义，达不离道"是做人的最高准则，教导族人在贫穷时不失道义，通达时不忘本分。"三袁"兄弟高中进士后，母亲龚夫人让他们穿草鞋回家报喜。旁人不解，母亲说，是为了告诫他们做官不能忘本，要清正为官，多为百姓着想。后来袁氏兄弟不辜负母亲期望，袁宗道清廉，不受一钱，死后身无分文。袁宏道急百姓之所急，处理公事从不拖沓、快捷公允，常常一顿饭的工夫就解决事情，获得了"升米公事"的美名。老三袁中道为官也非常勤政廉洁。

袁氏非常注重家族读书教育，把设立义学明确写入《家教》中："今拟祠堂左右设立义馆,族中有学德俱优者,择之为师,凡有力者则量出供应,束脩以资诵读,无力者则量为资助,令其专心肄业。"不仅培养出了"三袁"这样的文学星辰,也为袁氏教导出了很多人才。"三袁"儿子辈中的袁彭年崇祯时中进士,官至都察院左都御史,有文集诗卷。袁祁年有文集若干卷,有德于乡里,乡谥文孝先生。袁岳年曾任浙江龙泉知县。光绪年间,袁宪伟诰封朝议大夫,袁照曾任江宁府南捕通判,整理三袁文集和事迹。

公安袁氏勤俭持家,《家教》中说"勤俭"是"起家之源也"。因此,慢慢积累了财富,成为大家族。但他们对乡里却不吝啬,一向乐善好施,遇到灾荒,常周济灾民。三袁祖父袁大化在嘉靖年间的饥荒中,拿出两千石稻谷和两千两银子救助乡邻,后又销毁所有借据。

德才兼备的"三袁"让公安袁氏走进了大众的视野,他们的家风家规正影响着越来越多的人。

江苏常州庄氏家规（节选）

一、夫尊亲者，非必在禄位显荣，虽一命之士①，行合神明，心无愧怍，自然身享多福，亲有令名②，可不谓孝乎！不辱者，左规右矩，绳趋尺步③，兢兢业业，克修名行。能养者，必养心志，于父母存日不离左右，朝夕奉养。

一、人于子孙，未有不为计长久者，每以经营产业为作马牛，殊不知豪杰之士不阶④尺土，自能致身青云，其孱懦不振者，多财反足为累。若夫骄奢丧志、纵酒毁仪、黩货⑤多怨、博弈倾产，最宜切戒。是又不独在师之面命耳提，而在为父者之以身教也。

一、大儿子不可不认真教诲，哥之好处，弟未必肯学，哥之不好，弟便与酷似，一起坏了。

一、士大夫当教子勤学，力图向进，不应溺爱请托，使有所恃以损厥志。……岁当辛丑，一二孙子不揣学业，妄希进取，特述四条以为诸孙训：一曰苦志，二曰积学，三曰虚心，四曰禀命。

一、学不力则心不纯，岂容隔靴搔痒，水面一棒？盖竭吾力之所到而学随之，其吐露自不同也。

一、昔疏广⑥曰："贤而多财则损其志，愚而多财则益其过。"庞德公⑦曰："世人皆贻之以危，我独贻之以安。"以其财少而子孙能学也，此千古贻安之良法，汝辈可以惕然⑧思、翻然悟矣。

一、读诗书者，不止取科第，而务希圣贤。业蓿畲⑨者，不但求温饱，而贵兴礼让。

一、安常处顺，循循默默[10]，自是正经道理。至于遇大变、处大节，言人之所不敢言，为人之所不肯为，学者有此骨干，有此气岸[11]，才不愧读圣贤书、做豪杰事。

一、人非圣贤，孰能无过？然闻之而喜，改之不吝，则虽过何病哉！其机括[12]在觉悟，其工夫在勇决，其提醒在良友琢磨，其触发在读书稽古。学问之所涵养，气魄之所笼罩，深潜阔大，则身德既成，命自此立，过自然寡。

一、交广者，有薰莸[13]杂处之嫌；褊隘者，少蓬麻并植之谊。故缔交于始，必直谅多闻[14]之是取。今愿立朝者，同寅协恭[15]，有师济和衷之美；居乡者岁时伏腊[16]，有香山洛社[17]之游。富贵不可遗故交，贫贱亦当存旧谊。

一、治生[18]之道，不出开源节流二端。开源在勤，节流在俭，二者皆务本而得之，非妄营非分也。凡垦田谷、植草莱[19]、时畜牧、积粮粮，皆勤之义；凡慎土木、禁纨绮[20]、汰冗役、算食费，皆俭之义。

一、为学而急功名，未必得功名；当仕而图富贵，未必得富贵。迎合主司之心胜，而阐发性灵之养疏，黜落之阶也；媚事上官之术工，而敦崇职业之务废，贬谪之基也。

一、少年人肯凡事思量便限他不得，格物穷理充积日久，学问定有可观，即立身行己定不至于孟浪[21]。

一、人心常存一"敬"字，便能随地检饬。《诗》云"夙兴夜寐，洒扫庭内"，是也。凝尘满席，几榻纵横，便是精神不检点处。小者、近者且然，况远大者乎？

注释

①一命之士：指职位低微的官吏。

②令名：美好的名声。

③绳趣尺步：行为举止合乎规矩，不恣意妄为。

④阶：凭借。

⑤黩货：贪财。

⑥疏广：西汉时期治黄老之学的一位大臣。

⑦庞德公：东汉末年隐居在襄阳一带的名士。

⑧惕然：警觉的样子。

⑨菑畲（zī shē）：耕耘。

⑩循循默默：循规蹈矩，安静平和。

⑪气岸：气概，意气。

⑫机括：事物的关键。

⑬薰莸：比喻好与坏，善与恶。

⑭直谅多闻：为人正直诚实、学问广博。

⑮同寅协恭：《尚书·皋陶谟》："百僚师师，百工惟时……同寅协恭，和衷哉。"此皋陶在帝舜前对禹所说的话。后用为同僚恭谨事君，共襄政事之典。

⑯伏腊：伏日与腊日，夏祭曰伏，冬祭曰腊，同时也是两个佳节。

⑰香山洛社：香山，洛阳市附近的一座山，因盛产香葛闻名。白居易曾在此居住，是文人的雅集之地。洛社，是欧阳修在洛阳组织的诗社。

⑱治生：谋生。

⑲草莱：荒芜未垦的土地。

⑳纨绮：穿着讲究奢华。

㉑孟浪：放浪狂妄。

延伸阅读

本篇选取的江苏常州庄氏家规，原载于2008年最新修订的《毗陵庄氏族谱》（毗陵是常州的古称）中的《训诫》。《毗陵庄氏族谱》是中国家谱中的名篇，先后修订八次之多，有"常州第一家谱"之称。《训诫》部分汇聚了常州庄氏历史上一些重要人物对家族子孙的训诫，如明庄襗撰的《鹤溪公遗嘱》、明庄起元撰的《鹤坡公家训》、清庄恒撰的《声鹤公遗训》、清庄绛撰的《丹吉公家训》，常州庄氏修家谱时将这些遗训予以汇编，作为教育庄氏全族人的家规。

这些家族规训的作者，都是庄氏家族历史上有影响的人物。如庄襗（1643年—1710年），字诚之，号鹤溪。庄氏家族的四世祖，弘治年间进士。常州庄氏家族的研究者普遍认为，自庄襗中进士后，这个家族的重科举、志学崇教之风真正地兴盛起来。庄起元（1599年—1633年），字中孺，号鹤坡，是庄氏八世祖，万历三十八年（1610年）进士，曾官至太仆寺少卿。庄恒（1589年—1661年），字五侯，号声鹤。崇祯十六年（1643年）进士。庄绛（1643年—1710年），字丹吉，邑增生入太学，考授州同知。所生五子中有三人高中进士，两人中举人。正是由于这些德才兼具的庄氏贤达的模范作用及他们对家规家风的重视，庄氏子弟才在历史上创造出值得称赞的学术文化成就。

纵观庄氏家规，它的一个重要特点就是家规内容大多围绕着治学而展开，这是因为常州庄氏作为学术文化望族，祖祖辈辈均以治学为毕生重要追求，同时也极为重视子孙后代的教育。历代先人在家规中谈到了大量进学修业的方法以及大量劝学的良言，这极大地激励了庄氏子弟的向学之志。这种浓厚的家学氛围，是常州庄氏在学术文化上大放异彩的重要原因。据统计，万历至清光绪年间，共出状元、榜眼、传胪各1人，进士34人，举人82人，另有11人入翰林院。庄氏家族除了科甲事业繁盛外，还取得了令人瞩目的学术成就。庄氏族人大都寄情于学术研究和著述，据不完全统计，自明至清，有著作传世者计90人之多，遗有著作四百余部。清代向来以家学繁盛著称，但如此辉煌的学术成就极为罕见。清代著名学者洪亮吉曾评价庄氏道："入其门，盈尺之壁，皆凿楹而贮书；胜衣之童，知盘辟而雅拜。"养一学派创始人李兆洛也曾感叹："（庄氏子弟）皆能守其家学，粲粲彬彬，望之若王谢子弟，别见标格。"由此可见常州庄氏崇文重教、诗礼传家的优良家风。常州庄氏在中国学术文化舞台上最重要的演出，就是开创了乾嘉时期一个重要的学术流派——常州学派，庄氏族人也构成了这个学派的主体力量。常州学派是一个以研究《春秋公羊传》为学术要旨的今文经学派，有着大量经学著述，代表人物有榜眼及第的大儒庄存与，庄存与侄庄述祖，庄存与孙庄绶甲等，由于常州学派主要是由常州庄氏族人组成，所以人们又称之为"庄氏学派"。常州学派在清代学术史上有着重要地位，它极为深刻地影响了晚清的政治史、思想史、学术史。国学大师钱穆先生曾评价常州学派道："言晚清学术者，苏州、徽州而外，首及常州。""掩协晚清百年来之风气，而震荡摇撼之。"（《中国近三百年学术史》）

同时，在其家风的熏陶下，庄氏子弟不仅学术文化成就显著，而且都有着良好的品行气节：如明代庄廷臣不向阉宦势力屈服，清代庄存与不与和珅同流合污，民国庄蕴宽弹劾贪官……庄氏子弟的良好德行，与他们的学术成就一样，令人敬佩。

常州庄氏家规虽然是由几代人的训诫构成，都有它本身内容有着浓厚的劝学、励学及讲解治学方法的特点，在中国家族规约史上占有独特的席位，堪称中国家族规约史上的一道别致的风景。

山西吕梁于氏族规族训（节选）

族　规

一、子孙有不孝不弟、不和亲族、不敬长上者，宗子^①、司仪^②带赴祠堂，量事之轻重责治，令其改过，如再不改过，送官究治。

二、族中子弟有奸人妻女，酗酒赌钱，不顾家计，不务本业士农工商之业，或恃强打降^③、生是非、为争斗、好讼，宗子、司仪查出，轻则或责或罚，重则公举到官处。

三、族中有奸淫内乱者，不论有服无服^④，男则责逐改姓，不许归宗；女则休回母家。有为窃贼者，宗子、司仪带赴祠堂，重责三十大板，令其改过自新；如不改，责逐离宗。若为大盗，宗子、司仪率阖族公举到官，依律究治。

四、族中无论尊卑，妻室有不孝公婆、不遵礼义者，宗子、司仪查出，同本支年尊尊长一二人及本妇公婆当面诫训，令其改过自新。如夫男偏徇，当本妇责治，倘本妇不改，同阖族尊长带赴祠堂，令本妇之婆当众责治，倘干应出之条^⑤，照律遵行。

五、族中有婚丧大事，照常行礼，不分亲疏；如人不到而礼仪到者，免议；若人与仪俱不到者议罚，贫而无告者不在此格。

六、爵位贵显或家资富厚者，遇本族之人，不论服属远近，凡老幼贫贱，伯叔尊长俱照服制执礼，不得以富贵骄傲族人。如有此等，宗子、司仪同阖族长幼诣彼家，责以大义，议罚。倘不遵照不睦条，鸣官。

……

八、城南清端公⑥祠堂虽非合族宗祠，但永宁概无宗祠，不便另立，故即以城南之祠为公所。遇有族中大事商议者，俱群集此祠议行。

九、族中公事，宗子司仪有帖传请，按期即至。如真正有事或不在家则已，倘藉⑦端躲避者议罚，生监⑧有职者加倍。

族　训

孝为百行之原。要把父母时时刻刻放在心里，时时刻刻顶在头上。读书明理者以养志为先，愚夫俗子亦勉力养其口体，依依膝下，始终孺慕⑨。

族中之人，皆吾祖宗一脉，譬如树之有干，毕竟落叶归根。彼族中老幼，奈何其不睦乎？今人见族中富贵者，羡为荣耀；见族中之贫寒者，多生厌恶。此种心肠，岂可以对祖宗？我今立训：凡系族人，不分枝派远近，不论人物贵贱，俱照长幼执礼。倘敢高下异视，照不睦条议罚。

族人不知读书之乐，侥幸博一青衫⑩，自以为万事皆足。不知发过先达，尽系读书之人。愿我家子弟破除积习，做童生⑪，下一番苦功，望进学⑫；即使数命不偶⑬，难于遇合，道理明透，亦不被人目为不通。

我愿子弟小心敬畏，虽进学，与平人无异，埋头读书。设有非理之来，当以理遣。如果有干身家⑭，始许理论。切勿呼朋引类，做出非为的事来，那时悔之晚矣。

种田不离田头，深耕易耨，是其本分。勤得一分，多得一分之利。虽遇丰年，所获纵多，亦不可浪费。少留储蓄，以备凶荒。

士子幸而上达，身虽贵显，居家切要勤俭，不可奢靡。待人务宜谦光，不可骄傲。

居家要俭，当念钱财非易。衣服饮食，惟期适口充身⑮，不可浪费。

子弟将成人之时，性情易扰，不交结淫朋浪友。如与不端之人往来，为父兄者急早禁绝，以防其渐。

子弟家居，饮食、勤作俱教以规矩，事上、接下俱教以礼数。勿致放荡，恐久久便成狂妄。

居心不可刻薄。天地长养万物，只是一个仁，仁则并包无外。今人当处处以仁存心，所见、所行、所言，自无暴戾之习，纯是一个霭然和气。福慧油然而生，为子孙不知存了多少地步，自家那里觉得？

不可结怨于人。人之最难忘者，感恩、积恨二端。施恩于人，尚有忘者；积恨于人，则透入骨髓，鲜有不思报者。所以吾人处世，常存一宽大之念，不独驭事留其有余，就是言语之间，也不可过当。

致富由勤，人尽知之。我谓"公道"二字，乃致富之要诀。常见世人欺慢愚人，巧诈取财，或戥秤升斗出入各别，也有赚钱起家的，究竟巧里来拙里去，明里来暗里去。盖由此心一欺，必干天谴，终成无益。故我谓"公道"二字，其致富在"勤"字之上。

注释

①宗子：宗子指宗法制度中身承大宗的嫡长子。分家时，宗子除了占有家庭财产的主要部分外，还继承老家长的爵位。宗族中，无论祭祖先、办丧事、宴宾客，都以宗子为主。

②司仪：祭祀活动时报告活动程序的人，以保证活动按照礼仪秩序进行。

③打降：以武力降服对方。降，下也。

④服：指居丧的丧服。死为服丧。古代以丧服服制论定血缘亲疏，根据亲疏差别丧服亦有等级之分，分为甸服、侯服、绥服、要服、荒服五种，即五服。中国封建社会是由父系家族组成的社会，亲属范围包括自高祖至玄孙的九个世代，通常称为本宗九族，在此范围内的亲属为有服亲属，死后亲属要服丧。

⑤应出之条：古代有"七出之条"，是古代夫妻离婚的依据，准确而言是休妻的七种依据，内容均是约束妻子的言行的，只要妻子犯了其中一条，丈夫就可以提出离婚。这是封建社会对妇女的压迫。

⑥清端公：即于成龙，"清端"是他的谥号。

⑦藉：通"借"。

⑧生监：即生员与监生。明、清指经本省各级考试入府、州、县学者，通名生员，习称秀才，亦称诸生。监生，是国子监学生的简称。国子监是明清两代的最高学府。

⑨孺慕：幼童仰慕父母称为"孺慕"。

⑩青衫：指书生。古时学生穿青色的长衫，故以此借代。

⑪童生：明清的读书人未考取秀才资格之前，称为童生。

⑫进学：即考取秀才，进入府、县学读书。

⑬数命不偶：即命运不济。不偶，即不遇，古代人认为单数不吉利，不逢偶数则意味着不吉不顺。

⑭有干身家：有侵犯自身与家庭者。

⑮适口充身：饮食适合口味，衣服刚好暖身。

延伸阅读

本篇摘编的山西吕梁于氏族规、族训节选自清代于准编订的《于氏族规》22条和《于氏家训》41条，于准是清代名臣于成龙的长孙，于成龙一生清廉节俭、勤政为民，为于氏家族树立了光前裕后的榜样。他去世二十三年后，于准决心以祖父于成龙的德行操守为依据编订族规族训，他在整理祖父于成龙的《于清端公政书》的基础上，汲取精华，重新整理宗谱，这才编订出现有的族规、族训。

作为西北黄土高原上的一支名门望族，山西吕梁于氏家族的良好家声主要得益于于成龙。

于成龙（1617年—1684年），字北溟，号于山，山西永宁州（今属山西省吕梁市）人，清代康熙朝名臣，他生逢明清易代之乱世，亲历战乱苛政，命途多舛，大器晚成，明崇祯十二年（1639年）考取副榜贡生后，因政权更迭，直到清顺治年间才得以入仕，彼时他已经四十五岁。于成龙先后任广西罗城知县、四川合州知州、福建按察使等职，最高官至两江总督，宦海浮沉二十余载，三次被举"卓异"。他清廉自守，政绩卓著，深受百姓爱戴和朝廷赏识。康熙二十三年（1684年），于成龙去世后，康熙皇帝追赠其为太子太保，谥号"清端"，并亲自为他撰写碑文，盛赞他"六廉"兼备，是"天下廉吏第一"。

　　受于成龙德行操守的影响，于氏族规族训以"勤耕读、尚节俭，循法礼、孝乡里，廉仕吏、存仁德"为核心，涵盖了"勤、俭、学、善、廉"等朴素的道理。于准自己也发扬祖父遗风，成为祖父之后家族中的又一代廉吏。他从山东临清知州做到贵州和江苏两省的巡抚，为官廉洁，多行善政，康熙御笔题联，赞他"恺泽三吴滋化雨，节旄再世继清风"。

　　在于氏族规、家训的规约教养下，于氏家族形成了"耕读持家，清廉居官"的优秀家风。族中人才辈出，做官出仕者有三十多人，下至知县，上至总督、巡抚，不论微品小官，还是封疆大吏，抑或士农工商，始终恪守清正家风，践行"清、慎、勤"的行为原则，守本分、务正业。直至今日，于氏族规族训依旧散发着强大的生命力，历久弥新。

茗洲吴氏家典（节选）

一、立祠堂一所，以奉先世神主。出入必告，至正朔望，必参俗节，必荐时物，四时祭祀，其仪式并遵文公《家礼》①。

一、祠堂所以报本。子孙当严洒扫扃钥②之事，所有祭器，不许他用。

一、宗法久废，不可不复。吾宗自迁祖以来四百年，长房绝故已非一日，今以次递及，亦自有主宗之人。当于冬至、立春两祭，立宗奉祀。其余各支高曾祖考，四时致祭。因事有告，则各以其小宗主之。

一、宗子上奉祖考，下一宗族，当教之养之，使主祭祀。如或不肖，当遵横渠张子③之说，择次贤者易之。

……

一、贫困因将产业典鬻，此是万不得已。凡受产之家，须估时值如数清缴，不许货物抬算，并不许旧通④准折。此祖宗数百年遗训，违者天必诛之。

一、有余置产，当顺来顺受，不可有意钩取，亦不得恣意自便，强图方圆。

一、族中子弟有器宇不凡、资禀聪慧而无力从师者，当收而教之，或附之家塾，或助以膏火⑤。培植得一个两个好人，作将来模楷，此是族党之望，实祖宗之光，其关系匪小。

一、族中子弟不能读书，又无田可耕，势不得不从事商贾。族众或提携之，或从他亲友处推荐之，令有恒业，可以糊口，勿使游手好闲，致生祸患。

一、族内贫穷孤寡，实堪怜悯，而祠贮绵薄，不能周恤，赖族彦维佐，输租四百，当依条议，每岁一给。顾仁孝之念，人所同具，或贾有余财，或禄有余资，尚祈量力多寡输入，俾⑥族众尽沾嘉惠，以成巨观。

一、子孙赌博无赖，及一应违于礼法之事，其家长训诲之；诲之不悛，则痛箠之；又不悛，则陈于官而放绝之。仍告于祠堂，于祭祀除其胙⑦，于宗谱削其名，能改者复之。

一、子孙以理财为务者，若沉迷酒色，妄肆费用，以致亏陷，父兄当核实罪之。

一、子孙须恂恂⑧孝友，实有诗礼之家气象。见兄长坐必起，行必以序，应对必以名，毋以尔我。

……

一、子孙固当竭力以奉长上，为长上者亦不可挟此自尊，攘拳奋袂，忿言秽语，使人无所容身，甚非教养之道。若其有过，法言巽语⑨开导之。

……

一、子孙有发达登仕籍者，须体祖宗培植之意，效力朝廷，为良臣，为忠臣，身后配享先祖之祭。有以贪墨闻者，于谱上削除其名。

……

一、家道贫富不等，诸妇服饰，但务整洁，即富厚之家，亦不得过事奢靡。

……

一、昏姻必须择温良有家法者，不可慕富贵以亏择配之义。其豪强逆乱、世有恶疾者，不可与议。

一、新妇入门合卺，本家须烦持重者襄礼，照所定仪节举行。一切亲疏长幼，不得效仿恶俗入房耍闹，违即群叱之。

……

一、祠堂祭毕，燕胙照昭穆次序[10]坐定，司年家于尊长前奉爵挹酒以致敬。如尊长未到，卑幼不得先坐，或尊长已坐，其次尊长有事后到，弟侄辈皆起立，不得箕踞[11]不顾，致乖长幼之序。

……

注释

①文公《家礼》：即朱熹所作的《家礼》，朱熹谥号"文"，世称朱文公。

②扃钥：门户锁钥。

③横渠张子：即北宋思想家、理学家张载，世称横渠先生，后人尊称其为张子。

④旧逋：旧欠。

⑤膏火：灯火，比喻夜间工作的费用，后多指求学的费用。

⑥俾：使。

⑦除其胙：即革胙除派，指剥夺祭祀权利，相当于开除出宗族。胙，是祭祀时上供的肉。

⑧恂恂：温顺恭谨之貌。

⑨法言巽语：合乎礼法的恭谨之言。

⑩昭穆次序：昭穆是宗法制度对宗庙祭祀或墓地的辈次排列规则和次序，大祖居中，左为昭，右为穆，父为昭，子为穆。宗族内部长幼顺序依此排列。

⑪箕踞：两脚张开，两膝微曲地坐着，形状像箕。这是一种不拘礼节的坐法。

延伸阅读

《茗洲吴氏家典》是安徽休宁茗洲吴氏规约子孙后代的家训法典。《家典》的成书，历经了一个漫长的过程，至少经过了几代人的努力。全书共有八卷，内容广泛，涵盖了冠婚丧祭等各项礼仪的相关规定，全书结构严谨，条理清晰，具有浓厚的传统宗法伦理色彩。其中卷一部分列有家规八十条，从"立祠堂"到"族讲"，分述诸礼，是为茗洲吴氏人伦日用制定的规章法则。

吴姓是古代徽州八大姓之一，位于安徽省黄山市休宁县流口镇茗洲村的吴氏家族是徽州吴姓的一支名宗望族。相传，茗洲吴氏开基始祖是西汉长沙王吴芮后人吴荣七，吴荣七于13世纪末迁至茗洲，在此繁衍生息。也有说法认为，茗洲吴氏是唐代左台御史吴少微后裔。茗洲吴氏既非显贵门庭，后代中也名人寥寥，但它却是徽州宗族文化的典型代表。徽州是大儒朱熹的故乡，其理学思想在当地影响极深，朱熹的宗法观念为徽州各大宗族奉为圭臬，各大家族制定家规莫不以朱熹《家礼》为依据，茗洲吴氏在家规中明确提到的"遵文公《家礼》"就是极好的例子。

受朱熹理学思想的影响，徽州宗族向来注重宗法礼教。从思想内容上看，"吴氏家规"还是以维护儒家的三纲五常为宗旨，并以此对族人的日常行为举止给予细致的规定。"吴氏家规"较为突出的特点是对"孝"的强调与重视，家规的开头几条就是要立祠堂，复宗法，上奉祖考，下一宗族。同时注意培育妇女温良的品德，并制定了一些惩罚性的措施。

八十条"吴氏家规"口耳相传，直到今日，休宁县流口镇茗洲村村口的文化墙上还书写着《茗洲吴氏家典》。它教导后代子孙要忠厚、勤俭，形同手足、守望相助，是吴氏族人的传家宝。

陕西韩城党家村家规

一、读圣贤书，立修齐①志；存忠孝心，行仁义事。

一、守祖宗一脉真传曰勤曰俭；教子孙两条正路惟读惟耕。

一、居家有道惟能忍；处世无奇但②率真。

一、行事要谨慎、谦恭、节俭，择交友；存心要公平、孝悌、忠厚，择邻居。

一、言有教，动③有法，昼有为，宵④有得，息⑤有养，瞬有存⑥；心欲小，志欲大，智欲圆，行欲方，能欲多，事欲鲜。

一、傲不可长，欲不可纵，志不可满，乐不可极⑦；动莫若敬，居莫若俭，德莫若让，事莫若咨⑧。

一、友贵淡交，需从淡中交得去，人原难做，仍自难处做将来；志欲光前⑨，惟以诗书为先务，心存裕后⑩，莫如勤俭作家风。

一、薄味⑪养气，去怒养性；处抑⑫养生，守清养道。

一、富时不俭贫时悔，见时不学用时悔；醉后失言醒时悔，健不保养病时悔。

一、无益之书勿读，无益之话勿说；无益之事勿为，无益之人勿亲。

一、阶前彝训⑬，父慈子孝，斯礼相传百代；堂上和气，兄友弟恭，此风还聚一门。

一、父母遗体重，朝廷法度严；圣贤千万语，一字忍为先。

一、贫穷宜固守，富贵莫兴狂；勤俭立身本，谦和处世方。

一、勤俭治家之本，和顺富家之因；读书成家之本，循礼保家之根。

一、古今来多少世家，无非积福；天地间第一人品，还是读书。

一、创业维艰，祖父备尝辛苦；守成非易，子孙宜戒奢华。

一、在少壮之时，要知老年人的心酸；当旁观之境，要知局内人的景况；处富贵之地，要知贫贱人的苦恼；居安乐之场，要知患难人的痛痒。

一、孝弟[14]立身之本，忠恕存心之本，积善裕后之本；读书起家之本，勤俭治家之本，循礼保家之本。

一、要门庭显，必须积德；求子孙贤，还是读书。

一、百忍传家宝，一经教子方；居仁为本务，由义乃长康。

一、国则思忠，家则思存，民则思信，为人之根本也；德乃欲高，行乃欲洁，礼乃欲周[15]，处世之要诀也。

一、祖宗虽远，祭祀不可不诚；子孙虽愚，经书不可不读。

一、思孝安家国，读书教子孙；若行平等事，阴德满乾坤。

一、世间唯五伦[16]，施而不报，彼以逆加，吾以顺受。有此病自有此药，不必较量。

一、祖宗广阴功，清白传家，和气雍雍禋祀[17]远；子孙曰蕃衍，忠厚继世，春风蔼蔼[18]岁筵长。

注释

①修齐：修身、齐家。

②但：唯有。

③动：行动。

④宵：夜晚。

⑤息：呼吸。

⑥瞬有存：瞬间存有良念。

⑦傲不可长，欲不可纵，志不可满，乐不可极：此句摘自《礼记·曲礼》。

⑧咨：咨询。

⑨光前：光大前人的功业。

⑩裕后：为后代造福。

⑪薄味：食物的味道清淡。

⑫抑：有所控制、抑制。

⑬彝训：长辈对晚辈的训诫。

⑭孝弟：弟，通"悌"，敬爱兄长。

⑮周：周到。

⑯五伦：古代中国的五种人伦关系和言行准则。即古人所谓的君臣、父子、兄弟、夫妇、朋友五种人伦关系。

⑰禋（yīn）祀：一种祭祀仪式，向祖宗祈求保佑。

⑱蔼蔼：繁盛的样子。

延伸阅读

本篇选取的党家村家规，是根据党家村先人在其家族建筑物的墙壁、门楣上留下的训诫格言整理而成。党家村家规形成于明清时期。它的一大特色就是，家规的原文均刻镂于村内建筑物青砖或门楣之上，这样做的目的是让族人在家能随时随地注意得到，时时能自律自省。这些青砖雕工精美，字体遒劲有法度，艺术韵味浓厚。党家村全村墙壁上究竟刻镂有多少家规，难以一一统计。家规文辞典雅，思想深邃，其内容主要包括修身养性、崇文重教、谨慎交友、勤俭持家、恭敬爱人、志存高远等，体现着中国优秀传统文化的精髓，成为党家村人的立身之本及为人处世的指路明灯。与中国古代许多艰深晦涩的家规相比，党家村家规原文十分浅显，更具普及性的教育意义。

党家村，位于陕西省韩城市区东北方向九公里，始建于元至顺二年（1331年），至今已有将近七百年的历史。党家村是陕西省目前发现的最大、最古老、保存最完整的古村落。2001年，党家村被国务院列为国家重点文物保护单位，2003年入选中国历史文化名村名单，2006年被列入世界文化遗产预备名录，2013年被列为全国六大重点保护利用古村落。党家村有着大量的四合院民居，这些民居规模庞大，布局独到，建造精巧，乾隆时期被誉为"小北京"，又有西北建筑的"活化石""民居瑰宝"之誉。

元至顺二年，党氏的始祖党恕轩独自一人由山西省朝邑县逃荒至韩城，以种地为生，后来，娶樊氏女为妻，育有四子，此后子孙繁衍，绵延至今。大概在元末明初时期，山西省洪洞县人贾伯通从洪洞搬到韩城居住，明弘治八年（1495年），贾伯通的五世孙贾连与党姓族人联姻，不久之后，贾连之子搬入党家村居住，党家村遂形成了党、贾两姓合族同居的格局。党氏与贾氏，犹如两条从不同方向汇入的溪流，共同造就了党家村数百年的文化长河。

在这种家风家德的熏陶下，党家村德才之士辈出，从道光至光绪六十年间，村里中了五个举人、一个拔贡、一个进士，仅光绪一朝就出了四十四个秀才。当时村里不足百户，半数家庭取得了功名。党家村的贾乐天，曾是清朝光绪年间的举人，民国时期，他致力于韩城的文化教育事业，勇于兴利除弊，传播新潮思想。他曾创办《龙门报》，主编《韩城乡土志》，还创建了韩城第一所女子小学并担任校长。党氏十七世祖党蒙，清光绪二年（1876年）考中进士，在任刑部主事时，铁面无私，刚正不阿，唯恐有枉判错判的冤案。曾任钦差赴山东查处贪腐案件，秉公执法，拒绝他人行贿，依律查处贪官污吏数十人，在当时引起很大反响，名动京师，朝廷御赐"清廉正直"牌匾。

党家村的建筑文化固然是中国传统民俗文化的瑰宝，它的家规家风同样也是中国家规中熠熠生辉的珍品。

韩氏源流家范数则

一、韩氏昌黎^①之后，忠献之裔也。按《宋史新编》称唐宰相名休者，孟弟胐仕司户参军，自棘城迁至盐山，安史之乱徙博野吾乡之北原。四世左庶子实徙真定，五世鼓城令倡辞徙赵州赞皇县，七世太子中允拘唐末携家徙河南相州，世居安阳，称安阳韩氏。至宋宰相魏国公七世孙国子祭酒讳永者，避金兵徙山西洪洞，因家焉，为洪洞始祖。

一、自祭酒始祖徙洪洞，不数传，骎骎^②一大姓，析居城之八方，各注籍贯、名位、辈次，不能详核。忠定公^③著家谱，只载明医耀卿祖^④嫡派一门，后世因之，以遵先志。

一、家谱宗派世系仍继相州^⑤，犹水之有源、木之有本也。川流汇归，枝叶条畅，殆溯其所自始云。

一、家谱体裁，悉遵史乘，书姓书氏，书人书爵，纲举目张，条而不紊，此诚寿世之良模，传家之咸宝。

一、神医祖以忠厚传家，积德昌后，历百余年，簪缨不替，或以名臣著，或以循良称，继继绳绳^⑥，为一时望族。后之子若孙，恪守家范，克自树立，庶几先型之不坠。

一、忠定公祖勋业事迹，载在国史，垂诸简编者，炳若日星，殊非后嗣之所能及，然居官以君国为念，立志以圣贤自期。忠孝廉节，耻躬不逮，或亦视效于万一。

一、诸先公著修家谱，以敬宗睦族为先务，首书宗派，次列世系，敦伦饬纪，次序详明，虽阅世生人，阅人成世，近者远而亲者疏，而本世百支，要皆一脉所传，血气攸关，岂得秦越⑦相见。

一、诸先公嘉言懿行，显于当时，垂诸后世，口泽手泽之所留，咸足为子孙之楷模，所当什袭⑧珍之，世守无失者也。历年久远，散佚沦落，所存者十之二三，搜遗网失，采而录之，以备参考，庶免挂一漏万之消。

一、谱帙原载先人名讳，俱按世系择定一二字为排行，严杜辈次紊乱之弊，法至良也。越后人丁日增，散处僻壤，不遵家范，任意命名，犯先世之讳莫知敬闭，律诸不敬之条，凡我族人当戒之慎之。

一、祠堂者，家庙也，昭穆宗祧⑨之所在焉。临之在上，质之在旁，敢不起敬起畏乎？四时祭享，酬⑩功报德，犹是禴祀蒸尝⑪之义。每逢令节，户尊率族之长幼，拈香拜跪，奠酒化钱，礼毕，各三揖退而享胙⑫。

一、敕建太傅忠定公专祠，奉旨谕祭，春秋二八月上戊日洪洞县献官⑬主祭，儒学派生员相礼，奉祀生族人陪祭，三献礼毕，退班享胙，永为定制。

一、国子祭酒始祖茔七户祭扫，各备祭品，本支香烛酒醴祭物，俱由祠堂备办。敕建先茔，清明节祭扫，族人先集宗祠神位前拜跪如礼。午间迎祭墓前，奉祀生唱礼读祭文，祭毕，至享堂，分别东西，向上三揖，答三揖，挨次而行，以别尊卑，各领与祭帖，退而分胙。

一、敕建太傅忠定公墓、太仆寺卿墓，清明、七月、十月诸节，祠堂备办祭品，户尊率族人致祭墓前。

一、先人之事迹行谊，载诸简册，似无庸更为表暴⑭，然业医以仁术传家，居官以孤忠报国，为勋臣，为良吏，为孝子，为义士，当年之情事有历久而失其真者，惟绘之以图，则丰功峻烈可按图而求，景行仰止之余，特寓报本追远之意。

一、宗祠房价地租足符四时祭享之资，尚有余剩，管理者居为奇货，专主不恤人怨，公项半入私囊，侵渔^⑮影射，莫从考核，此皆霸恃独任之所致也，若分任效力，则无是弊。

一、管理户事之宜迁更也。五支分为三班，一年只用五人，五人同事一年，周而复始，挨次轮流。凡出入总帐，清单开注明白，每逢冬节，公算交班，短欠错误，经手者赔认。如此，则事归画一，历久不替，不惟免族人之议而祖宗之血食^⑯永昭矣。

一、宗亲莫外乎三党戚属，尚敬礼，矧^⑰一脉之所传乎？长者尊而敬之，幼者教而诲之，鳏寡贫穷者赒^⑱而怜恤之。有益于公者则为之，勿存畛域^⑲之见；有害于公者则锄之，勿怀回护之心。至公无私，恩明谊美，里巷称为义门，亲党被其光宠，世泽绵延，岂不休哉。苟不念祖宗笃爱一本之意，存亡不相顾，贫困不相依，患难不相恤，甚至亲骨肉如秦越，轻族党若路人，不惟有乖于家范，抑且取讥于乡评。刻薄寡恩，莫此为甚。

一、古人谓三世不修谱，律之不孝，盖年久丁多，恐泯先世之泽、乱宗族之序也。况有同姓冒祖之嫌乎？凡我族人宜共凛^⑳之。

殿魁谨识

注释

①韩氏昌黎：昌黎本为韩姓郡望。

②骎骎（qīn）：本意形容马跑得很快的样子，后用来比喻事业进展得很快。

③忠定公：指明代户部尚书韩文，谥号"忠定"。

④耀卿祖：指韩耀卿，韩文修家谱认为的洪洞韩氏嫡祖。

⑤相州：这里指以北宋韩琦为代表的相州韩氏。

⑥继继绳绳：指前后相承，延续不断。

⑦秦越：秦国和越国，春秋时的两个国家，一南一北，相距很远，后比喻两方疏远。

⑧什袭：把物品一层又一层地包裹起来，比喻珍视物品。

⑨昭穆：宗法制度对宗庙或墓地的辈次排列规则和次序。宗祧：宗庙、祖庙。

⑩酹：同"酬"。

⑪禴（yuè）祀蒸尝：本指秋冬二祭，后泛指祭祀。

⑫享胙：祭祀结束，多数宗族都在祠堂中设宴，这叫享胙或饮胙。

⑬献官：掌祭祀献爵之礼的官员。

⑭表暴：亦作"表襮"，暴露，显露，自炫。

⑮侵渔：侵夺，从中侵吞牟利。

⑯血食：指用于祭祀的食品。

⑰矧（shěn）：况且，何况。

⑱赒（zhōu）：接济；救济。

⑲畛域：本指界限，范围；比喻成见、偏见。

⑳凛：这里是形容词作动词，凛遵，严肃对待。

延伸阅读

这篇《韩氏源流家范数则》是洪洞韩氏的家规，它集中体现了韩氏的家族制度，对了解韩氏家族和明清时期家族管理很有参考价值。

山西南部的洪洞县早就闻名遐迩，位于县城北的贾村西侧古大槐树，相传是明代洪武、永乐年间山西向河南、河北、山东等地移民聚集之处，因此成为很多中国人口中的故乡。

洪洞韩氏本居河南安阳，是北宋相州韩氏名相韩琦的后裔。相州韩氏名人辈出。韩琦历任三朝宰相，辅佐两位皇帝，居功甚伟。六个儿子皆有所成。长子韩忠彦在宋徽宗时任宰相。金国南侵，"相州沦陷后，韩氏的部分'族人'成了金朝统治下的遗民，其'家牒'也遗落北方"。洪洞韩氏家谱记载，韩琦的七世孙宋国子监祭酒韩永迁到洪洞，是洪洞韩氏的始祖。

作为一个大家族，洪洞韩氏非常重视家族的组织管理。从家族制度方面来看，韩氏在明清是逐渐强化的，清代尤其明显。这篇《韩氏源流家范数则》载于中国科学院文献情报中心所藏的咸丰七年（1857年）重辑的洪洞韩氏家谱。该家范共有18条，前两条讲家族源流，明确始祖是韩琦，嫡祖是韩荣焕（字耀卿）。第3—4条讲家谱世系和体裁。第5—8条要求子孙继承祖先德行："诸先公嘉言懿行，显于当时，垂诸后世，口泽手泽之所留，咸足为子孙之楷模。"后面诸条依次规定了排行、祭祀事宜，要求绘图表彰先人，规定了宗祠户事的管理等。这篇家范反映了宋代以后家族治理的一般情况，通过确立祖宗并修谱、祭祀，实现祖先认同，把祖德与族规家范作为维系家族的道德要求与行为规范，用族长、祠堂、族谱等作为收族的制度保障。

《韩氏源流家范数则》所说的"忠定公祖勋业事迹，载在国史，垂诸简编者，炳若日星，殊非后嗣之所能及"，是指韩文。洪洞韩氏在明代以科举仕宦崛起，盛于韩文及其子孙三代。韩文为成化二年（1466年）进士，官至户部尚书，谥号忠定。因为反对宦官刘瑾赢得很大声誉。韩文子孙两代都有功名或者做官。直到晚明时期，还有进士出现。清代韩氏科举不及明朝，但还是有不少中低级官员。据统计，洪洞韩氏在明代有10位进士，32人为官。洪洞韩氏作为官员士大夫辈出的家族，鼎盛于明，清代有所衰落。

除了科举传家，洪洞韩氏还世代行医。韩文修家谱，以第五支嫡派祖韩荣焕为第一世祖。韩荣焕就以医术闻名，韩氏称其为"神医祖"。就是本文中所说"神医祖以忠厚传家，积德昌后，历百余年，簪缨不替"。明代李尚思《刻洪洞韩氏谱略序》（嘉庆谱）说，韩氏"率以医鸣于世，阴骘发祥，笃生忠定"。世代行医为韩氏积累了一定的经济基础。

因为有家族制度的保障，洪洞韩氏不仅自身发展很好，也是地方移风易俗教化的先进代表。明代嘉靖时期，韩氏带头响应推行乡约，卓有成效。家族中出了很多代表传统文化的道德楷模，比如因为年高德劭被政府赐予官职者有45人，恩拔贡士有25人，忠孝节义的牌坊有30座等。韩文作为洪洞韩氏的代表人物，成为洪洞的典范。洪洞人称："前有皋陶氏，后有韩忠定公，诚足为余邑重也。"把韩文与远古圣人并论。

江西新建大塘程氏家规

尊长敬贤，唯礼是尊；孝顺父兄，共敦友爱。

待人持物，仁义为本；自省其心，非礼莫为。

不事人非，教子宜家；居乡为善，和邻睦族。

恬淡俭约，度入量出；声华奢欲，非礼莫近。

廉慎以持，敬业唯勤；修齐治平，兴邦利民。

——摘自《程氏家规》

《程氏三世言行录》摘编

修身篇

弼卿公①曰：心静为入德之门，几②见轻扬浮躁人能深潜入理也？又曰：心存切忌阴险。

笏堂公③曰：世俗见朴素人取笑为一身土气，此大谬也。土为万物之母，患不能有土气耳。

憩棠公④曰：人非才不能干事，然干事恃才傲物，亦招祸之尤也。

笏堂公训孙辈曰：求己⑤二字一生受用，道德、学问、功名皆从此出。又曰："不认错"三字最坏事……皆当切戒。

持家篇

笏堂公训孙辈：物盛极必衰，吾家今盛极矣，可勿慎诸⑥？

训孙鼎芬等：汝父贵为中丞⑦，外人唯恐诱汝不动，汝此须留意，当思孔孟尚有人毁，我仍唯闻誉言，岂我真贤于孔孟耶？如此一想，则凡誉我之言不攻自破矣。

霁亭公⑧自撰联：己甘常悯先人苦；能俭犹防后世奢。

处世篇

笏堂公曰：一曰要吃亏；二曰学吃亏；三曰吃得亏；四曰还不算吃亏。

憩棠公训曰：富贵无常。今日我贵骄人，异日人贵亦骄我。势位之危，危于朝露，可慎哉！

笏堂公曰：钱外圆而内方，故流行无滞。为人如钱，庶⑨寡过矣。

治学篇

憩棠公训鼎芬曰：读书贵能经世，为学先戒自欺。

理政篇

笏堂公训棽采曰：清慎勤三字为居官之要，然当清而不刻，慎而能断，勤而有恒。

晴峰公曰：大其心，容天下之物；虚其心，受天下之善；平其心，论天下之事；潜其心，观天下之理；定其心，应天下之变。

注释

①弼卿公：即程亮采。

②几：几曾。

③笏堂公：程逢禄。

④憩棠公：程楙采。

⑤求己：儒家思想中的一个重要修身命题。《孟子·离娄上》："行有不得，反求诸己。"即反省自己。

⑥诸：句末语气词。

⑦中丞：明清两代巡抚的称谓。

⑧霁亭公：程焕采。

⑨庶：几乎，差不多。

⑩晴峰公：程矞采。

延伸阅读

本篇选择的江西大塘程氏家规由两部分内容组成：一是根据汪山土库（建筑群以砖木结构为主，因为赣语中常把大型的青砖瓦房称为"土库"，加上地处汪山，故得名曰"汪山土库"）府第博物馆提供的资料整理的《程氏家规》；二是程氏族人于光绪六年（1880年）编撰的《程氏三世言行录》。《程氏三世言行录》是程楙采长子程鼎芬整理而成，该书记录了程矞采、程焕采、程楙采等兄弟及其父母、祖父母三代人教育训示子女的言论，大体分为修身、持家、处世、治学、理政五个方面。由于其极强的教育意义，这几份训子条文作用扩大，为大塘程氏全族人高度认可，成为他们代代相传的家规。

《程氏三世言行录》中的晴峰公、霁亭公、憩棠公是大塘程氏历史上赫赫有名的人物，威震　方的封疆大吏：程矞采（1783年—1858年），号晴峰，嘉庆十六年（1811年）进士及第，先后任江苏巡抚、山东巡抚、漕运总督、云贵总督、湖广总督等要职；程焕采（1787年—1859年），号霁亭，程矞采胞弟，嘉庆二十五年（1820年）进士及第，授翰林院编修，补湖广道监察御史，先后任湖南衡州府知府、湖北按察使、湖南按察使、江苏布政使、代理江苏巡抚等职；程楙采（1789年—1843年），号憩棠，程乔采堂弟，曾任安徽巡抚、浙江巡抚等职。这就是所谓的"一门三督抚"。弼卿公程亮采，道光丁酉（1837年）科举人，候选员外郎，奉旨入祀乡贤祠。

除了"一门三督抚"外，程氏家族另有许多杰出人才。据统计，从嘉庆五年（1800年）到宣统二年（1910年）的一百多年间，程氏家族共培育出了21位举人、7位进士以及100多位大小官员。此后，程氏家族俊彦频出，如民国政要程天放、诗书画三绝的学者程天恂、著名历史学家程应镠、建筑学家程应铨等。新建大塘程氏家族，以其深厚的文化底蕴以及俊杰辈出的家族人才体系，成为江西著名的大族之一。

新建大塘程氏家族之所以能成为江右显赫一时、名流辈出的望族，主要在于程氏族人实施严格科学的家族管理制度。和其他大家族一样，程氏主要依靠家礼族规来规范约束族人的言行举止。程氏一族服膺推崇程朱理学，自称"簪缨世胄，理学名家"，特别注重对族人的言传身教，培育良好的品格修养。这一点，我们从《程氏家规》和《程氏三世言行录》中可以看出。

汪山土库始建于道光元年（1821年），同治年间竣工，中间历经了半个世纪。庞大的建筑群后是一个显赫的大家族。聚居于汪山土库的程氏家族原居安徽歙县，唐末迁居南昌城西新建竹园，明正德年间迁居汪山，至清乾嘉时期，家族始盛。汪山土库在保留了赣都建筑风格精髓的基础上，融宫廷建筑、徽派建筑、园林建筑、围屋建筑等建筑风格于一体，是江西建筑文化乃至中国建筑文化的瑰宝，2004年汪山土库被中国文联、中国民协命名为"中国府第文化博物馆"。

新建大塘程氏家规，与汪山土库规模宏大、设计精巧的建筑群落，作为精神文化遗产和物质文化遗产，堪称双璧。程氏家规寓含的深刻的哲理与智慧，有着较高的研究价值和现实教育意义。

名门家风

　　中国历史上有着许多长盛不衰的名门大族，功绩卓著，声名显赫。它们之所以能显赫一时，原因很多，但一个共同的深层次的原因就是其传续久远的优良家风。越是成功的家族，越是注重家族家风的培育、践行与传承。总的看来，这些名门的家风以儒家伦理纲常为核心内涵，通过家书、家训、家规等载体来向子孙后辈传递，以寄托先辈对后代的厚望和诚勉。这些名门大族由于所处时代不同，所属类别也不同，故而其家风也各有特色。但各名门大族家风又有着一些共性：一是都注重以学兴旺家族，中国古代的名门大族无不把劝学与家风紧密结合起来，都认同教育是家族繁荣之本。二是以德兴旺家族。"积善之家，必有余庆。"为善去恶，不仅是人伦之基，更是天道之本。中国历史上的名门大族，无不将以德修身、以德治家贯彻到家风内涵中去。

　　本部分选取了中国历史上有着重要影响力的名门大族10家，对其家族兴盛、人才辈出原因进行分析挖掘，帮助读者深入了解这些名门大族的家风内涵。

诗书礼乐圣人家
——曲阜孔氏家风

"与国咸休安富尊荣公府第，同天并老文章道德圣人家"，这是曲阜孔府大门的门联，由清代大文豪纪晓岚所写，它精练地概括了曲阜孔氏家族的圣人门风。对于圣人的苗裔，历代帝王恩遇有加，历经两千多年而不衰。两千多年来社会治乱兴衰，孔氏一脉却一直十分繁盛。自古以来，孔氏族人无不以传承儒学为己任，涌现出了许许多多的学术大家，如著名的经学大家孔安国、孔颖达，文学家孔融、孔尚任，北宋时期的孔平仲三兄弟等。孔氏家风的内涵非常丰富，一以贯之，主要特点是：诗礼传家、崇尚礼乐、崇文重教。直到今天，孔氏家族门人仍恪守着"礼乐传家久，诗书继世长"的圣人遗训。

诗与礼，均是儒家思想的核心内容。学诗学礼，是孔子对后世子孙的遗训，也是孔氏家风的重要内容之一。这条祖训来自孔子对其子孔鲤的教育。《论语》记载："（子）尝独立，鲤趋而过庭。曰：'学诗乎？'对曰：'未也。''不学诗，无以言。'鲤退而学诗。他日，又独立。鲤趋而过庭。曰：'学礼乎？'对曰：'未也。''不学礼，无以立。'鲤退而学礼。"在古代，不熟读《诗经》，不熟悉礼仪，是无法参加上流社会的活动的，它对人的成长十分重要。孔子强调《诗》和《礼》的重要性的话语很多。孔子后裔也以"学诗学礼"作为祖训，千百年来以诗礼传家，端正自己的家风。据《孔丛子》记载，孔子之孙孔伋（前483年—前402年）曾三次向孔子请教礼的问题，得到孔子的悉心教诲。孔穿，字子高，孔子七代孙，承继家学，精通礼仪，有"天下之高士"之美誉。汉代的孔安国、唐代的孔颖达等无一不是承袭家学、通晓诗礼的儒学大师。

志学重教，是孔氏家风的另一重要内涵。孔子是博学与好学的典型，博学，是以好学为前提的。孔子晚年，曾自称"吾十有五而志于学"，"发愤忘食，乐以忘忧，不知老之将至云尔"。他的一生，都在如饥似渴地学习知识、追求真理。孔子是一位伟大的教育家，他非常重视教育活动，提倡有教无类，创办私学，培养了大量德才兼备的人才。孔子去世后，其好学重教的遗风，为其历代子孙所继承。尽管鲁国繁盛的教育景象随着孔子的去世而有所消歇，但由于孔子弟子众多，加之孔子后裔的不懈努力，鲁国的教育氛围十分浓厚。到了西汉，由于统治者"独尊儒术"，儒家思想成为国家的指导思想，孔子后裔得到统治者的优待，其家族也逐渐兴旺起来。但孔氏家族并没有因为政治地位的提升而在崇学重教上有所懈怠，其家族仍保持着重视教育、继承家学的传统。据《阙里文献考》记载，孔子子孙"世以家学相承，自为师友"，汉魏时期，孔氏家学十分著名繁盛。隋唐时期，孔氏家族仍保持着重学的传统，如三十五代孙孔贤进士及第，三十九代文宣公孔策明经及第，四十代文宣公孔振、孔拯状元及第……如果不是良好的家庭教育，是无法造就出如此多的人才的。宋元时期，这种风气仍得到延续，如第四十四代孙孔勖曾上奏朝廷，请求在家学旧址重建学堂，获得批准。后来，朝廷专门给孔氏家学划拨经费和土地，进一步促进了孔氏家学的繁荣。到了明清时期，为进一步规范家学，衍圣公制定的族规中专门要求族人崇儒重道，尊礼尚德。孔氏读书重教的家风，历代统治者都十分推崇。史载明太祖勉励孔氏子弟遵守祖训、认真读书的故事。明太祖在南京登基后，为了巩固朱明王朝在北方的统治地位，下旨召见第五十五代衍圣公孔克坚，命他前来觐见。已致仕在家的孔克坚推托自己有病，不能成行，派儿子孔希学代自己前往。朱元璋闻讯后，大为不悦，亲自书写了一封措辞强硬的敕书给孔克坚促其入京陛见："吾闻尔有风疾在身，未知实否？然尔孔氏非常人也，彼祖宗垂教万世，经数十代，每每宾职王家，非胡君（指元朝皇帝）运去，独为今日然也。吾率中土之士奉天逐胡，以安中夏。虽曰庶民，古人由庶民而称帝者汉之高宗（刘邦）也。尔若无疾称疾，以慢吾国，不可也。谕至思之！"孔克坚接谕后，十分惶恐，立即星夜兼程，赶往南京。朱元璋十分高兴，亲自接见，问他："老秀才，近前来，你多少年纪也？"孔克坚回答说："臣五十三岁也。"朱元璋又说："我看你是有福快活之人，不委付你勾当。你常常写书给你孩儿，我看资质也温厚，是成家之人。你祖宗留下三纲五常、垂宪万世的好法度，你家里不读书，是不守祖宗法度，如何中？你老也常常写书教训着，休怠惰了，于我朝你家再出一个好人不好？"不久之后，孔克坚上奏称"臣已将主上十四日戒谕的圣旨备细写将去了"，朱元璋十分高兴，又下旨给孔克坚，让孔克坚之子"道与他，少吃酒，多读书者"。这个故事，反映出孔氏重读书重教育的家风已经为帝王所推重。

　　孔氏家风还有一个独特的地方，就是孔氏家族女性对学术文化的重视。这一点，突出地表现在清代孔氏女性文学的繁荣上。这里说的孔氏家族女性，既包括孔姓女儿，也包括嫁入孔府的外来女性。比较著名的有：颜小来（1657年—1718年？），字恤纬，出身于书香门第，嫁与孔兴为妻，与孔尚任多有唱和，著有《恤纬斋诗》《晚香堂诗》以及《晚香词》。叶粲英（1666年—1692年），江苏人，嫁与六十七代衍圣公孔毓圻，她才思敏捷，诗画俱佳，但不幸早逝。现存《喜母至阙里》《画兰》等三首作品。孔丽贞（约1691年—1747年后），孔毓圻之侄女，适历城（今属山东省济南市）戴文谌，著有《藉兰阁草》和《鹄吟集》两种诗集。她的诗作水平较高，《续修四库全书提要》曾有"其所为诗，清醇绝俗，声律允谐，为闺阁中不可多得者"的评价。孔璐华（1777年—1832年），著名经学家阮元之妻，诰封一品夫人，著有《唐宋旧经楼稿》七卷。有清一代，孔氏家族女性诗人、词人很多，形成了一个创作群体，其存世作品数量之大，在中国历史上的名门大族中是极为少见的。孔氏家风是比较开明的，他们并不认可"女子无才便是德"，除了对妇女"德言容功"的培养外，还注意对妇才的培养，正是因为此，孔氏家族才涌现了不少杰出的女性。

在曲阜孔府忠恕堂西厢，悬挂着"礼门义路家规矩，智水仁山古画图"的对联，忠恕堂室内则悬挂着"交友择人处事循礼，居家思俭守职宜勤"的对联，这两副对联彰显着孔氏家族重视礼义廉耻、修身立德的好家风。历代王朝十分推重孔子的地位，对其子孙也大加封赏。在祖训和帝王的双重影响下，孔氏家族一直保持着修身慎行的好家风。今天，我们还能看到孔氏家族许多修身养性、砥砺个人品行的族规。这些族规条款众多，奖惩措施分明。在这种家风的熏陶下，孔子家族成为循礼守法、修心向善的模范家族。

诗礼传家、崇学重教、修身立德的优良家风，以及历代帝王给予的种种优待，使孔氏家族人才辈出，文化繁盛，成为中国文化水准最高的家族之一。从民国《孔子氏家谱》看，历史上孔氏家族共有5000多人获得进士、举人、生员等各级功名。《中国人名大辞典》收录的孔氏名人194人，占该书名人总数的0.43%。

以"礼乐传家久，诗书继世长"为曲阜孔氏家风，堪称中国家风文化的一个符号，它影响深远，是中国传统文化中的一道独特的风景。

踵武往圣儒风继

——邹城孟氏家风

山东邹鲁之地是中国传统儒学的发祥地，后世闻名的文化礼仪之乡，这里不仅诞生了儒家至圣先师孔子，还孕育出儒家另一位举足轻重的人物——亚圣孟子。他是继孔子之后，儒家学派的领军人物，他发展、深化了儒家学说，对中国的思想文化产生了广泛而深远的影响，故后世常以"孔孟"合称，以示对孟子的尊崇。由于亚圣孟子的存在，邹城孟氏家族也成为继曲阜孔氏之后，邹鲁之地的又一圣贤家族。

孟氏家族的开姓先祖可以追溯至鲁国的庆父。庆父是鲁桓公的次子，鲁庄公的弟弟。庄公继位后，他和另外两个弟弟叔牙和季友各自受封，分门自立，庆父一脉被称作孟孙氏，迁至邹国，也就是现在的邹城定居。孟孙氏后来被简化为"孟氏"。

孟氏扎根邹国后一直默默无闻，直到公元前372年，孟子诞生，从此改写了家族的历史，因此，孟氏后人都奉孟子为家族始祖，强调自己的圣贤血统，以作为圣贤后裔而自豪。自唐宋以来，历代王朝相继兴起轰轰烈烈的"尊孟运动"，孟氏家族咸遂濡泽，备极荣宠，他们感念先祖的恩泽，不忘根本，始终以孟子的信仰和精神为己之烛照，绳其祖武，学道孔孟，继圣贤之业，诗礼传家。

"传家世守三迁训，七篇仁义报国常。"孟氏子孙秉承《孟子》七篇的智慧，以书为训，涵养出崇儒重道、居仁由义的圣贤家风。如果继续追本溯源，孟氏家风其实可以上溯到孟子的母亲仉（zhǎng）氏。孟子能成就圣贤之名，得益于孟母仉氏的良好家教。孟母被誉为中国"母教第一人"，位居古代"四大贤母"之首，在中国家教史上意义非凡。孟母教子的故事在中国民间家喻户晓，最著名的故事就是"孟母三迁"：孟母对儿子的启蒙教育非常重视，她为了给儿子创造良好的学习环境，曾三迁其居，谨慎择邻。他们起先居住在坟墓旁，年幼的孟子就模仿起别人家的丧葬仪式；孟母于是把家迁至集市旁，结果孟子又亦步亦趋模仿市井叫卖；最后孟母把家安顿至学堂边，终于使孟子自觉地模仿起士人的礼仪，成功接受读书的熏陶。

孟母教子最大的特点是言传与身教并行。"买豚示信"就是一个经典的例子。据说孟子小的时候看到邻家杀猪，孟子于是问母亲："邻家杀猪干什么？"孟母随口便答："为了给你吃啊！"话刚出口，孟母就自悔失言，因为依照家里的经济状况孟母是舍不得买肉的，可是孟母一向重视言传身教，从怀孕开始，她就坚持"席不正不坐，割不正不食"，担心因为自己的失言而"教之不信"，于是，孟母为了树立诚信不欺的榜样，言出必行，到邻家买肉给儿子吃，以兑现自己信口开河之言。

孟母的嘉言懿行不仅成就了孟子，而且成为孟氏家族教养子孙后裔的珍贵资源。孟母的教子故事，比如"孟子三迁""断织喻学""买豚示信"等，后来写入了《孟氏家规二十条》继续垂诚后人，她有一段关于妇德母仪的言论："妇人之礼，精五饭，幂酒浆，养舅姑，缝衣裳而已。故有闺内之修，而无境外之志。"这段话被收入《家规》的《妇道篇》用以教育孟氏家族的女性。明朝嘉靖年间修撰的孟氏家志题名为《三迁志》，"盖取孟子作圣之功，由于母氏蒙养之正云耳"。清代的时候，孟氏六十九世孙孟继烺在家族内部设立三迁书院作为孟氏家族自己的私塾家学。以"三迁"命名，是感念孟母的母德母行，视母教为家学之滥觞。

除了重视母教，传承儒学、弘扬儒道亦是孟氏家族的教育传统，这也是孟氏家风最突出的特点。孟氏家学比普通人家的家学更深刻地体现出"为往圣继绝学"的使命自觉，这使得他们的家族教育具备一些特殊性，比如，孟氏家学在内容上的纯粹化和学术化，除了教授科举考试要求的知识外，孟氏要求子弟"精通经术"，钻研儒家经典，系统地接受儒家思想知识的熏陶，领会儒家教义之真谛。由于受到封建朝廷的礼遇优待，孟氏家族在政治经济方面都享有特权，孟氏子弟不需要像普通人家的子弟一样承受生存的压力，所以在他们的家学教育中剔除了一般人家所奉行的"耕读传家"的传统，不要求子孙掌握耕作技能，而是侧重于智识和德育，讲求个人境界的提升，这其实是对孟子"修身"思想在家族教育中的一种实践。

在弘扬儒道的孟氏家学的熏陶下，孟氏后辈鸾翔凤集，人才济济，他们在各自的人生中实践着儒家的信仰，从不同的侧面传承了儒家精神，彰显出圣贤气度的家风涵养。

唐代著名诗人孟浩然，他是孟子第三十三代后裔，人如其名，继承了孟子的"浩然之气"。孟浩然"少好节义，喜振人患难"，早年隐居鹿门山，四十岁游学京师，以才华名动公卿。古代士子深受儒学熏陶，以积极入世治国平天下为一己之抱负，孟浩然生当盛唐，早年也曾有建功立业之志，写下过"气蒸云梦泽，波撼岳阳城"这样豪情满怀、踌躇满志的诗句，可惜仕途困顿，科举考试失利，他为人又清高耿介，生就一副不肯逢迎媚世的傲骨，因而一生未能出仕，以布衣终身。

关于孟浩然的耿介不阿，有这么一个故事：据说，孟浩然十七岁时即在家乡襄阳本地的考试中崭露头角，然而待到去京城应试的时候，他却断然放弃科举，理由是他不愿什宦于一个混乱朝廷。彼时正是唐睿宗李旦在位时期，大唐王朝刚刚经历了武周后期的内乱，李旦作为政变中的胜利者顺理成章登基称帝，但孟浩然却对睿宗李旦靠政变上位的行为很不齿，认为这是不仁不义之举，因而坚决不肯在睿宗朝出仕。

还有一次，人到中年的孟浩然在玄宗朝科举失利，仕途不顺，好不容易遇到一个同乡韩朝宗愿意举荐他做官，两人约好一起赴京，结果孟浩然却因为要和故友饮酒而失信违约，错过了来之不易的做官机会。本该痛心疾首的事情，谁料孟浩然却并不懊恼。这看似洒脱之举似乎与他之前孜孜求仕的行为自相矛盾，也与积极奋进的儒家追求相悖谬，这实际上暴露出了孟浩然内心深处的一份纠结：既渴望实现儒家积极用世的理想，但又不愿意放弃人格独立而趋附政治功利。矛盾与纠结中映射出一股儒者特有的反叛和独立精神，这与孟子所倡导的"富贵不能淫，贫贱不能移，威武不能屈"的浩然正气是一致的。也正是凭借着这份超群壮逸的正气，仕途失意的孟浩然在文学的世界里别开生面，为唐诗的创作开拓出一方新的天地，无意中也成就了他的千古诗名。

如果说孟浩然徘徊于归隐和出仕之间的纠结，贯彻了先祖的独立精神和反叛意识，那么，孟氏第七十代亚圣公孟广均则鲜明地实践了孟子"达则兼济天下，穷则独善其身"的生存哲学。孟广均生于清嘉庆五年，是孟子第六十九代嫡孙孟继烺的独子，"性纯笃，尤聪颖，博闻强记"。身为孟府宗子，孟广均身负家族的厚望，从小接受了严格的家庭教育，不仅精于儒学，而且兼善诗词、书法。与所有儒家士子一样，孟广均从小苦读，怀抱着修齐治平的宏伟志向。道光八年（1828年），孟广均乡试中举，本以为可以踏上仕途成就一番功业，可惜时运不济，彼时的大清王朝已非康乾盛世，烈火烹油的繁华盛年过后，王朝的统治由盛转衰，逐渐走向腐朽没落，同时，父亲孟继烺重病缠身，孟氏家族急需新的继承人执掌家业。孟广均于是放弃了治国安邦的宏愿，奉旨承袭孟氏翰林院五经博士，转而追求修身齐家的理想。他接掌宗族事务之后，一心修缮家园、经营家业，为了家族的存续鞠躬尽瘁。他借助于官私捐赠，修葺了原先颓败的孟氏府庙，这才有了今日人们所看到的孟子府庙的规模和格局。

儒家文化重视血缘根脉，修撰家谱是维系家族根脉的重要手段。1864年，年届花甲的孟广均合全族之力，着手修撰了《孟子世家谱》，这是孟氏家族最古老的族谱，初撰自北宋神宗年间，历经金、明、清多次修撰传承，是孟氏家族的主要存世谱系。新修的《孟子世家谱》耗时一年完成，这部同治本《孟子世家谱》成为迄今为止保存最完备的孟氏家谱，为孟氏家族血脉的维系做出了重要贡献。

天下有道则行，无道则隐，这是中国古代知识分子的处世智慧。孟广均完美地践行了这份儒者之智。身处不甚乐观的时代大环境，面对着日益衰颓的家族，孟广均顺势而为，放弃个人宏图，堪称识时务之俊杰。而在齐家之外，他又不忘修身养性，致力于金石收藏，既为孟府文化积累底蕴，更在一方雅趣中自得其乐，快意人生，儒家关于人生境界的至高追求，在孟广均这里再次得到了诠释。

孟氏家族以圣裔自居，后人以读书从文的士人居多，但在清末民初的时候家族里却出了一个弃文从商的"异数"，他就是中华百年老字号瑞蚨祥的创始人——孟雒川。孟雒川出身于孟氏家族的一个分支——章丘旧军孟氏，虽然是脱离了邹城孟氏大宗的家族支系，淡化了圣贤家族的政治色彩，但源远流长的孟氏家风依旧在旧军孟氏的家族中流传。比如孟氏有重视母教的传统，孟雒川的母亲高氏对儿子的家教不敢怠慢，在孟雒川很小的时候就开始聘请名儒做家庭教师，传授儒学。孟雒川从小就在儒家义理的熏陶中成长，长大后经商，在商业中践行儒家教义，其中最重要的就是儒家的诚实守信和利以义取。诚信是儒家最基本的道德准则，孟子的义利之辨已经清楚地告诫后人在利益获取中坚守诚信的重要性，诚信是儒家为商业行为设立的一个基本道德规范。孟雒川将儒家的诚信理念贯彻到瑞蚨祥的经营中，展现出诚信为本、以义取利的儒商风范。1927年，当日本商人以廉价但质次的布料抢占市场的时候，瑞蚨祥依旧坚持用优质高价的英国布料，并严禁各地分号营销日本货，以保持自己的品牌和质量信誉。而在诚信经商的同时，孟雒川还勇于担当社会责任，热衷于公益慈善，扶危济困，以商业的途径实现了儒家兼善天下的济世理想，"商"与"士"最终殊途同归。

时光流逝，岁月轮转，无论世情如何变幻，一代代孟氏后裔始终恪守祖训，在各自的时代和人生中努力传承儒家圣贤的精神风范，既是家风的延续，更是民族精魂的奠基。

将相一门耀千古

——闻喜裴氏家风

有着"士大夫林薮"之称的山西运城闻喜县，坐落在九曲黄河之滨的晋南大地上。闻喜古称桐乡，自西汉武帝赐名闻喜至今，两千多余年间，文化鼎盛，名人辈出。而其中最杰出的家族就是被称为"天下第一家"的裴氏家族。因闻喜汉代属河东郡，历史上闻喜裴氏习称河东裴氏。

闻喜裴氏"自秦汉以来，历六朝而盛，至隋唐而盛极"，"豪杰俊迈，名卿贤相，摩肩接踵，辉耀前史，茂郁如林，世不乏人"。正史立传与记载的裴氏，有600余人；七品以上官员，3000余人。据《裴氏世谱》统计，裴氏家族曾有宰相59人，大将军59人，中书侍郎14人，尚书55人，侍郎44人，常侍11人，御史10人，节度使、观察使、防御使25人，刺史211人，太守77人；封爵者，公89人，侯33人，伯11人，子18人，男13人；与皇室联姻者，皇后3人，太子妃4人，王妃2人，驸马21人等。真可谓"将相接武、公侯一门"。其家族人物之盛、德业文章之隆，堪称绝无仅有。裴氏宗祠所在地闻喜裴柏村也因此得名"宰相村"，名扬四海。

裴氏与战国时秦国同姓，唐朝河东裴氏传人一致认为他们的直接祖先是秦公子鍼。公子鍼封于鍼乡，因以为氏。后改邑为衣，以"裴"为姓。自公子鍼之后的三百年间，史无裴氏记载，直到西汉时期，出现了水衡都尉、侍中裴盖。这是河东裴氏在政治上崛起的第一人。东汉时期，裴氏出了两位敦煌太守：裴遵和裴岑。裴遵的曾孙裴晔，在东汉永建初年，迁居于闻喜礼元镇，此后家族繁衍，人才茂盛，闻喜也成为裴氏祖居地。裴晔之子裴茂在汉末任尚书令，封阳吉平侯。裴氏两汉时期逐渐崛起，进入中央政府，做出不凡贡献，为家族以后发展奠定了基础。

魏晋时期，裴氏进入了发展重要期。裴茂的三个儿子裴潜、裴徽、裴辑成为裴氏三大宗派之祖。两晋时期，裴氏成为"匡佐晋室"的重要力量。裴秀、裴頠、裴楷是其中杰出代表。这时期的八位裴氏中人常被人比于琅邪王氏的八位名人。《世说新语·品藻》："正始中，人士比论……又以八裴方八王。裴徽方王祥，裴楷方王夷甫，裴康方王绥，裴绰方王澄，裴瓒方王敦，裴遐方王导，裴頠方王戎，裴邈方王玄。"这可以说标志着河东裴氏崇高社会地位的确立，它与琅邪王氏成为首先发达起来的高门士族。

东晋时期，裴氏因为错失下江东的机会而逐渐沉寂。但他们参与北方政权建设，立下了不少功劳。南北朝时期，更是出了不少文臣武将，如"三河领袖"裴骏、"三河冠盖"裴宽、"独立使君"裴侠等。"史学三裴"裴松之、裴骃、裴子野，对我国史学发展贡献甚大。

隋唐时期，河东裴氏进入鼎盛。裴矩、裴仁基和裴蕴都在平陈之役中立下功勋。唐代裴氏出了17位宰相，因而被称为"宰相世家"。首先进入宰相行列的是助李渊起兵的裴寂和以山东之地归唐的裴矩。武则天时期，裴氏出现了裴炎、裴居道、裴行本、裴谈四位宰相，还有平定突厥、建立奇功的裴行俭。开元时期，裴氏出了裴光庭、裴耀卿两位宰相，还有"四大尚书"等一大批官居高位之人。而中兴名相裴度则是裴氏中最有代表性的人物。他是唐代杰出的政治家、文学家，文武兼备，历四朝为重臣，平定淮西之乱，实现了"元和中兴"，是"社稷良臣，股肱贤相"，白居易赞为"勋业过萧曹"。裴度之后，裴休也是一位有作为的宰相。不过随着唐朝的灭亡，魏晋至隋唐七百年的高门士族裴氏的鼎盛也彻底结束了。

五代以后，裴氏虽然衰落，依然余芳犹存，明清时期尚有多人中进士。

裴氏的发展有魏晋和隋唐两个高峰，它的盛衰有着广阔而深厚的社会背景，但同时也与裴氏自身的清正门风传统息息相关。欧阳修《新唐书·宰相世系表序》谈到唐代士族时说："然其所以盛衰者，虽由功德薄厚，亦在其子孙。"裴氏子孙能够自强不息，又能继承先人教诲，发扬光大。

裴氏以"修齐治平"为理想，非常重视对族人的教育，很早就开始订立家规。北朝名臣裴良闲暇之余，认真整理祖上遗训，撰写了《宗制》十卷。明万历年间，裴濂修订《河东裴氏族戒》九条。清末民初，家规最终修订完成，分为《河东裴氏家训》《河东裴氏家戒》两部分。

《家训》十二条：敬奉祖先，孝顺父母，友爱兄弟，协和宗族，敦睦邻里，立身谨厚，居家勤俭，严教子孙，读书明德，淳厚戚朋，慎重言语，讲求公德。《家戒》十条：毋忤尊亲，毋辱祖先，毋重男轻女，毋事赌博，毋为盗窃，毋贪色淫，毋吸烟毒，毋酗酒好斗，毋忘本崇洋，毋入帮派。《家训》从正面引导，《家戒》从反面告诫，其核心就是"重教守训，崇文尚武，德业并举，廉洁自律"，为裴氏族人确立了立身典范。

《家训》强调"严教子孙""读书明德"，认为"家庭教育，立人丕基"，"学而时习，其乐有余"。因此，裴氏弟子多博学尚儒，或有一技之长，可以立身，"强学乃立身之本"。据《裴氏世谱》记载，北魏裴植的母亲管教子女甚严，"小有罪过，必束带伏阁"。唐朝宰相裴炎少年读书，"每逢休假，他生或出游，炎读书不废"；裴休"昼讲经，夜著书，终年不出户"。严格的家教和读书风气，"修齐治平"的理想追求，使得裴氏不仅出了很多大官显宦，也有很多留下著述之人。

《家训》强调"居家勤俭"："勤能补拙，俭以养廉，丰家裕国，莫此为先。"曹魏流行厚葬之风，而尚书令裴潜，虽身居高位，临终前却留下遗言，命家人从俭办丧事，不要厚葬。他的坟墓中只置备了一个座位以及几件简单的瓦器，其余一无所有。"独立使君"裴侠，清正廉洁，并规定"凡贪官污吏者，死后禁入坟茔"。据《北史·裴侠传》记载，裴侠做户部中大夫时，有不法官吏管理仓储财物，贪污多年，达千万钱之多。裴侠到任后，揭发检举，数十天之内，惩处了贪官污吏，杜绝了类似事件的发生。后来裴侠调任工部中大夫。掌管钱物的官员李贵在家中哭泣，别人问他为什么，他说："所掌官物，多有费用，裴公清严有名，惧遭罪责，所以泣耳。"裴侠知道后，允许他自首。李贵说出了隐瞒的钱数。

唐代裴宽清正廉洁，从不收受别人财物。一次有人给他送鹿肉，知道当面不行，暗中放下走了。而裴宽无处退回，就把鹿肉埋在地下，一口不吃。

裴氏一门虽为富贵之家，却自觉清俭持家，并带入为官之道，廉吏甚多，福祚绵长。

裴氏家规还注重孝悌传家：敬奉祖先，孝顺父母，友爱兄弟。在裴氏人物传记中，关于孝悌之风的记载比比皆是。即便是有"粗险好杀"之称的南朝裴谭也能"孝事诸叔，尽于子道，国禄岁入，每以分赡，世以此称之"。孝悌的延续，保证了家族的内部团结和长期繁衍不辍。

此外，因为与北方少数民族长期接触，裴氏还有尚武之风，家族中先后出现59位大将军，为保家卫国建立了不少业绩。

河东裴氏的发展历史总是与中国政治相联系的，他们中的许多政治家，如裴秀、裴叔业、裴光庭、裴度、裴休等等，都留下了许多相关著作，是研究我国古代政治的可贵参考资料。

西晋哲学家、思想家裴頠著有《崇有论》，反对当时盛行的贵无学说，肯定了万物存在的合理性，具有积极意义。

"史学三裴"：裴松之为陈寿《三国志》作注，开注史之先河；其子裴骃《史记集解》80卷，至今仍在使用；裴骃之孙裴子野撰写编年体《宋略》20卷，水平超过沈约《宋书》。

西晋裴秀是中国传统地图学的奠基人，被誉为"中国制图学之父"。

他的《禹贡地域图》是我国目前有文献可考的最早的历史地图集。他创制的"制图六体"，一千多年来，为制图者所遵循，在世界地图史上，都有很高地位。

在经济方面，隋朝裴蕴的人口经济理论，唐朝裴耀卿、裴休改善漕运的实践等，都为隋唐经济发展发挥了重要作用。

裴氏还出现了像汉代敦煌太守裴岑和唐代儒将裴行俭一样的军事家，尤其是裴行俭的战略战术思想，是古代军事史的宝贵财富。

隋朝裴政，是著名的法律学家，受命参与制定了《开皇律》。王夫之曾评价："今之律，其大略皆隋裴政之所也。"

在外交上，隋朝文林郎裴世清，受隋炀帝派遣，率团访问日本，这是有记载以来第一个访日的政府级使团。

隋代裴矩编撰成《西域图记》三卷，并引西域各族首领入朝，为民族关系发展做出了贡献。

此外，裴氏在文学艺术上，也有很多出色的人才。东晋裴启的《语林》是最早出现的志人小说。唐末裴铏《传奇》以"传奇"命名小说，成为唐传奇命名的由来。唐朝裴迪、裴度都是有名的诗人。裴行俭、裴休等都是书法名家。隋代裴蕴和唐代裴知古、裴兴奴都是杰出的音乐人才。裴旻的剑舞与李白的诗歌、张旭的草书，在当时合称"三绝"。

闻喜裴氏留下了"一门将相"的光辉历史和文化上的光彩功绩，令后人惊叹不已；同时，更值得裴氏后人和我们重视的是裴氏家族留下的重教守训、德业并举的家规家风。裴氏后人至今以德馨为荣，注重学习教育，就是对裴氏先人最好的告慰和传承。

"华夏首望"非虚名
——琅邪王氏家风

琅邪王氏，又称江左王氏，是一个以琅邪郡为郡望的王姓世族，这是中国历史上赫赫有名的文化世家，中古时期第一豪族，被誉为"华夏首望"。"竹林七贤"之一的王戎、东晋名相王导、"书圣"王羲之与王献之父子、诗人王融和王褒等都来自这一家族。

琅邪王氏的开族始祖是秦朝名将王翦的玄孙王元，但其渊源可以追溯至东周周灵王时期，周灵王太子晋因直谏被废为庶人，其子宗敬仍在朝中任职司徒，他的后人因是姬周王族的后代便以"王"为姓氏。这支王姓在先秦时期一直活跃于洛阳，秦朝名将王翦是王姓第十五世孙。秦末汉初，王翦之孙王离被俘于巨鹿之战，王离之子王元和王威，为避秦乱分别迁家于山东琅邪郡（今属山东省临沂市）和山西太原，于是发展出天下闻名的琅邪王氏和太原王氏这两大王姓望族。

琅邪王氏始于先秦，兴于汉魏。西汉时期，王元的曾孙王吉官至博士谏大夫，王吉之子王骏为御史大夫，王吉之孙王崇官至大司空，封扶平侯。祖孙三代皆因贤名垂青史。王崇之子王遵，在东汉光武一朝任太中大夫，封向义侯。王遵之子王音，为大将军掾，王音之子王融，官至南康尹，王融生有二子，长子叫王祥，次子叫王览。二人因贤孝闻名于世，留下"卧冰求鲤"和"王览友悌"的孝悌典故，垂范后世。王祥经汉、魏、晋三代，历任要职，德高望重；王览入仕曹魏和西晋，官至光禄大夫，是"书圣"王羲之的五世祖。

东晋以后，琅邪王氏进入了鼎盛时期。西晋末年，永嘉之乱爆发，匈奴攻陷洛阳，五胡入华，晋室被迫迁都，包括王氏家族在内的许多中原士族随同皇室一起衣冠南渡。后来，王羲之的伯父王导联合整个王氏家族拥戴晋元帝司马睿建立了东晋政权，成为东晋王朝举足轻重的开国元勋。政治上的居功至伟不仅使王导成为东晋权臣，炙手可热，琅邪王氏也成为诸门阀士族中首屈一指的高门望族，位列晋代四大盛门"王谢袁萧"之首，甚至可与司马皇室平分秋色，即时人所谓的"王与马，共天下"。

更令人惊羡的是，除了政治上无与伦比的显赫威势，琅邪王氏在文化艺术上也堪称累世风流，在书法、音乐、绘画、文学等艺术领域都独领风骚，冠绝一时。除了家喻户晓的"二王"父子，王祥、王导、王戎、王廙、王瞻、王衍、王僧虔、王融等也都是造诣非凡的艺术人才，其他的家族成员也都人人有集，各类史传经籍中都有关于王氏子弟文艺才能的记载，家族中擅书者约43人，文章传世者73人。高超的文化修养，豪华的才俊阵容，王氏家族几乎占领了魏晋文艺界的半壁江山。

东晋立朝不过百年，司马氏政权很快被刘宋政权取代，历史进入了缤纷错杂的南北朝时代。彼时，度过了"烈火烹油，鲜花着锦"的家族盛年，琅邪王氏在政治上的威望和优势已远不如昔，但毕竟是爵位蝉联、文才相继的簪缨世家，实力虽衰，但声望依旧，凭借着深厚的家族文化积淀仍旧稳居社会上流。政治失意的他们在文学上风流不衰。譬如，齐梁时代的王俭被誉为一代儒学宗师，梁朝的王融是永明体诗歌的创作大家，还有王籍、王褒、王肃等都是知名的诗人。

自汉代崭露头角以来，琅邪王氏历魏晋六朝三百余年经营，数十代香火延绵，才俊辈出，笑傲士林，据统计，仅魏晋六朝数百年间，琅邪王氏一族青史留名者就有600余人，齐梁文学家、史学家沈约说过："吾少好百家之言，身为四代之史。自开辟以来，未有爵位蝉联、文才相继如王氏之盛也。"中古第一望族绝非浪得虚名。

如此一个"簪缨不替""风流不替"的世家豪族，究竟是有着怎样的家教门风，才能维持"三百余年之冠冕"的荣耀的呢？

王氏家族的家训，最早的文本记录是汉末王祥的《训子孙遗令》，他临终前告诫家族子弟务必以信、德、孝、悌、让为立身之本。在他之后，刘宋时期的王僧虔也留有《诫子书》劝诫子孙勤勉向学，靠自己的才学建功立业，不得依赖祖荫入仕。梁陈之际的诗人王褒著有《幼训》，要求后人勤学不懈，有始有终，谨遵三教之义。

归结起来，琅邪王氏的家风要义有三：

其一是孝悌事亲。孝悌即孝敬父母和友爱兄弟姊妹，这是维系家族亲情、团结亲族的基本准则。琅邪王氏中堪称孝悌楷模的莫过于王祥和王览。王祥被誉为"孝圣"，是著名典故"卧冰求鲤"的主人公。王祥早年丧母，继母朱氏对他很刻薄，总是刁难他，但王祥毫无怨言，对继母恭敬如一。一年冬天，朱氏借口生病想吃鲤鱼，命王祥捕捞。王祥便赤身卧于冰上，以自己的体温融化坚冰来捕鱼。他的孝行感动了上苍，冰忽然自动裂开，鲤鱼从中跃出，王祥大喜，拿回去供奉继母。后人写诗歌颂他的事迹曰：继母人间有，王祥天下无。至今河水上，留得卧冰模。

王览是王祥的异母弟弟，比他小二十一岁，他的母亲就是朱氏，不同于母亲的刻薄刁钻，王览对兄长爱护有加，每当哥哥被母亲鞭挞时，他都抱着哥哥痛哭，并经常主动分担母亲派给哥哥的重活。王祥声名日盛，朱氏很妒忌，准备用毒酒杀死他。王览知道了，抢过毒酒自己喝，吓得朱氏急忙夺过酒杯。朱氏顾及儿子，从此收敛。王祥王览兄弟的孝悌行为传为历史佳话，王祥故里因此得名为"孝友村"，后人还修建了孝友祠纪念他们。

除了王祥王览，王氏家族中还有无数相关的例子，如：王戎以命守丧、王徽之为弟代死、有"玉昆金友"之誉的王铨王锡兄弟，等等。可见孝悌是琅邪王氏家族世代相继的美德。

其二是立德修身，廉俭自律。这是琅邪王氏子弟为官入仕必须恪守的操行，培养官德是王氏家教的重要部分。王氏子孙大多身居高位，显赫通达，但却洁身自好，严于律己，从不以权谋私。事亲至孝的王祥曾总结自己为官的经验，在遗训中留下"临财莫过乎让"的家规。在那个贵族夸富成风、穷奢极欲的年代，王祥叮嘱家人不得给自己厚葬，一切从简，杜绝铺张浪费；西晋名士王戎的父亲王浑去世后，他的下属们赠钱数百万为礼，但王戎坚决不受；被誉为国家柱石的东晋名相王导位高权重，却俭素寡欲，远离财色，保持着简朴的生活作风，他不光自己身体力行，还要求子孙践行；王琨历仕刘宋、萧齐，为官正直耿介，江夏王刘义恭欲请王琨破例提拔自己的熟人为官，遭到王琨拒绝，同僚颜师伯骄奢淫逸，王琨出席他的私宴，始终与侍奉的歌伎保持距离。

王氏子弟为官不仅清正廉洁，更懂得恪尽人臣之责，尽忠职守，仁爱治民。王导作为东晋政权的奠基者，于倾国之祸中力挽狂澜，重振朝纲，被誉为"江左管夷吾"。他促成南迁，建立新朝，辅佐晋元帝稳固江东政局，并率先打破门第之见，任人唯贤，不分士庶。他还主张设庠序教化万民，规范社会秩序，完善国家制度礼仪。王导之子王荟虽然没有父亲那样的丰功伟绩，但他生性恬静笃实，不慕荣利，担任吴国内史期间，因闹饥荒，饿殍遍地，王荟主动开启自己家的粮仓赈济灾民，救活了很多百姓。王羲之任会稽内史时也在荒年开仓放粮，后来到吴会做官，为减轻百姓重负，上疏为民请命，要求减轻赋税。王弘也经常向宋文帝谏言轻徭薄赋，与民休息，处理政务时铁面无私，无论亲疏尊卑，一律公平待之。

其三是崇文好学，诗礼传家。琅邪王氏是中国首屈一指的文化世家，文才相继，世代书香，独领风骚三百余年，家族文化之荣盛，古今罕见。这都归功于他们崇文重教的良好传统。

王氏家族家学深厚，书法是家族艺术中最显赫的一门。马宗霍《书林藻鉴》卷六有论云："书以晋人为最工，亦以晋人为最盛。"琅邪王氏家族是晋代书法的杰出代表，其中王羲之和王献之父子的书法代表了家族的最高成就，在后世学书者心目中，他们也是公认的中国书法艺术的巅峰。"二王"的书法作品历来被视为至美奇珍，享受着皇家级别的珍藏。相传，唐太宗钟情王羲之的书法，特别是对号称"天下第一行书"的《兰亭序》思慕若渴。他为了得到《兰亭序》，派监察御史萧翼向《兰亭序》真迹的持有者辩才和尚讨要。老谋深算的萧翼用计谋从辩才和尚手中"骗"得了真迹。这就是著名的"萧翼赚兰亭"的故事。唐太宗获得真迹后命冯承素、韩道政、诸葛贞、赵模四大臣各临数本，赠予诸王近臣，为《兰亭序》留下了珍贵的临摹本，而真迹据传已随太宗陪葬昭陵。

"二王"之所以能在书法上造诣非凡，与他们的勤学苦练是分不开的。王羲之七岁开始练习书法，他每天坐在池子边练字，练完字就在池水里洗笔，天长日久竟将一池水都洗成了墨色，浙江绍兴市西街戒珠寺内有个墨池，传说就是当年王羲之洗笔的地方。王献之师承其父，七八岁时开始学习书法。他向父亲请教书法秘诀，王羲之告诉他，等他把院子里的十八缸水都写完了，字就练成了。有一回，献之把自己的字呈给父亲验收，王羲之看后不语，只是在儿子写的"大"字下面加了一"点"。献之拿给母亲郗璿看，郗璿看后说，只有那最后一个"点"似羲之。献之心下敬服，更加用功练字。后来他真的把十八缸水都写完了，书法造诣终于比肩其父。清代乾隆皇帝将他的《中秋帖》和王羲之的《快雪时晴帖》、王珣的《伯远帖》并列为"三希"宝贴，珍藏于故宫三希堂内。

除了"二王"父子这两位旷世天才，琅邪王氏几乎人人善书，家族成员互相传袭、切磋，父子争胜，兄弟竞较，夫妻比试，姻亲相学。上起西晋，下至梁陈，王氏每一代都能培养出垂范后世的书法名家。赵翼《陔馀丛考》有言："江左之王可谓盛矣，然不特文也，书法亦然。自羲、献之外，先有丞相导，大司马敦，太保弘，太子詹事筠，荆州刺史广，丹阳尹僧虔，黄门侍郎涣之，会稽内史凝之，豫章太守操之，中书令恬，领军洽，散骑常侍徽之，东海太守慈，特进昙首，卫将军殉（按：应为"珣"），中书令珉，皆以书名。"古往今来，以书法世家而青史留名的，首推琅邪王氏。

除了书法为家传之学，琅邪王氏的文学创作也卓有成就：王羲之一篇《兰亭集序》名动千古；王献之桃叶临渡制新曲成千古佳话；王筠七岁能文，年十六即作《芍药赋》传世；王融永明新体开近体先声，与谢朓齐名，并称为"一代文宗"；王褒由南入北后，加速了南北文风的融合，为隋唐诗歌的兴起打下了基础。此外，经学、礼学、史学也是王氏家族的家学内容，培养出了一代儒宗王俭、礼学大师王彪之这样的人物，并大规模地编撰修订史书，留下了《晋史》《七志》《宋纪》《永明起居注》《齐职仪》等著作，这些都是后世学者研究魏晋南北朝历史文化风貌的珍贵文献，为魏晋史学的发展做出了巨大的贡献。

国学大师钱穆曾指出："一个大门第，绝非依赖于外在权势和财力，而能保泰持盈达于数百年之久，更非清虚与奢汰，所能使闺门雍睦，子弟循谨，维护此门户于不衰。当时极重家教门风，孝悌妇德，皆从两汉传来。"琅邪王氏家族无疑是印证这句话的最佳实例，正是源于家族子弟对孝悌、立德、好学等家风的严格遵奉，琅邪王氏才得以在朝不保夕的乱世之中延绵四百年，流芳千古。

芝兰玉树满庭阶
——陈郡谢氏家风

　　"旧时王谢堂前燕，飞入寻常百姓家。"如今的南京乌衣巷虽很难看出王谢当时的繁华，但人们依然可以追思那绽放于魏晋南北朝三百余年的谢氏家族风采。起于曹魏，兴于西晋，盛于东晋，衰于梁，亡于陈的陈郡（秦朝设置陈郡，或称为陈国、淮阳国、淮阳郡。中心地区在今河南省周口市一带）谢氏，谱写了数百年的风流华章。"江左风流属谢家，诸郎如玉女尤佳。"谢氏子弟，文韬武略者有之，诗文卓绝者有之，精于音律、书法、绘画者，更是绵延不绝。而这种英才辈出的原因，固然离不开谢氏作为世家大族所拥有的各种资源，但也与代代相传的家风不无关系。

　　梁代袁昂在《古今书评》中说，谢家子弟"爽爽有一种风气"。这风气就是谢氏家风赋予其子弟的内在气质。谢氏所处的三百年间，中国社会动乱不已，血雨腥风，要保住家族的生存和荣耀，就要随时而动。谢氏族人承袭家风中的优秀部分的同时，没有完全固守家风，而是因时就势把新的思想、理念注入家风之中，能够顺应时代，又彰显了子弟的个性。在家族上升、光彩照人时期，他们同心同德，维护家族利益；在家族衰落危难之时，他们力争上游，希图重振家门。

　　陈郡谢氏的始祖谢衡是晋武帝时期的"硕儒"，其父谢缵是曹魏时期的典农中郎将，史籍没有记载。关于谢衡的记载也不多，但从中可以看出他是一位饱学之士。《晋书·谢鲲传》说他"以儒素显"，《晋书·王接传》谓他"博物多闻"。谢衡曾担任国子博士，这要求品格上有懿德高风，学识上博古通今。后又升为国子祭酒。对谢衡的记载，多是关于礼仪的讨论。谢衡为官治学勤谨，笃守传统儒家规范，悉心教育子弟。谢氏子弟多是父慈子孝、兄友弟恭、夫义妇德。谢衡将儒雅的君子之道注入谢氏家族血脉之中，历久弥新。

谢衡之子谢鲲是谢氏名士家风的开创者。西晋经历了"八王之乱"后，士人任情放达，谈玄之风更盛，不谈玄就不能成为名士以求上进。谢鲲一改父亲的儒学气质而入玄学。《晋书》把谢鲲和"竹林七贤"并列入传。他最令后人盛赞的是他超然物外的畅达淡泊心怀。他被罢官时却操琴放歌，被鞭打不见怒色。虽是如此，谢鲲为了家族的上升并未放弃儒家的"事功"追求，先后做过幕僚和官员。不过好在能够审时度势，进退合宜，使家族得以保全。由儒入玄，使谢氏家族有登上更大政治舞台的可能，也奠定了谢氏"内儒外玄""亦儒亦玄"的家风根基。

谢鲲虽使谢氏在朝野有了一些名气，但使谢氏靠近权力中心的是谢尚、谢奕、谢万。此时已到了东晋初年。在各方势力的角逐中，谢鲲的外甥女褚太后第三次摄政，力挺谢氏家族。谢鲲之子谢尚被任命为南中郎将，因有军功，后晋封"镇西将军"。谢尚工书法，精音律，喜谈玄，却度过了戎马一生。他不仅为家风注入了清爽之气，也为家族的稳定立下了大功。谢奕和谢万都是谢衷之子，谢鲲之侄。谢奕与桓温是布衣之交，承袭了父辈的放达，嗜酒如命，行为散漫，个性不羁。后接替谢尚做豫州刺史，无功无过。谢万工于清谈，擅长文字，以悠游为乐。因不以俗务挂心，当了豫州刺史依然未有改变。后在作战中失利，被贬为庶人。面对谢氏家族的危险境地，子侄辈又尚且年轻的现状，高卧东山的谢安不得不出山了。

谢安也是谢衷之子，谢万之兄。在古人心中，他是真正的风流宰相，"隐"得潇洒，"仕"得漂亮。谢安从小知名，多才多艺，后隐居不出。朝廷屡次征召，他都托词拒绝，当时有"安石不肯出，将如苍生何"的说法。虽然谢安的隐居不可谓没有以退为进的意思，但他的处世在当时受到越来越多的人追捧。隐居期间，谢安与名士交游，对子侄言传身教，经常召集他们谈诗论文，《世说新语》多有记载，像"咏絮之才""芝兰玉树"的典故等。谢安不仅培养出了当时号称"封（谢韶）、胡（谢朗）、羯（谢玄）、末（谢琰）"的优秀子弟，还培养了有"林下风""咏絮才"的谢道韫。谢安四十岁之后出仕。东晋面临内忧外患时，谢安"镇以和靖，御以长算。德政既行，文武用命，不存小察，弘以大纲，威怀外著"，稳定了东晋朝廷，实现了中兴。谢安运筹帷幄，与谢玄、谢琰、谢石共同取得了淝水之战的胜利。这不仅使危机重重的东晋王朝化险为夷，更使谢氏家族走向了全盛，增强了家族认同感和凝聚力。

全盛的谢氏家族与司马氏皇权有了不可调和的矛盾。前有王敦之变，后有桓温篡权的东晋皇室不得不对谢氏有所忌惮。在与皇权的角逐中，为了保全家族，谢安选择了退避，很快病逝。谢玄也多次上表辞官，回到谢安隐居之处任职，四十六岁就去世了。

生于乱世，变幻莫测，谢氏子弟后在孙恩之乱和刘裕与刘毅的党争中被杀数人。此后的谢氏子弟，带着长辈的殷切希望，以重振家族为己任，先后出现了谢灵运、谢晦、谢曜、谢瞻以及谢弘微等杰出子弟。谢弘微在他们中善于处世，他是谢安之孙谢混的侄子。此时谢氏往日繁华已不可能重振。谢弘微以他平生谨慎的作风，使得家族得以延续。沈约评价他"简而不失，淡而不流"。他把"循礼度"带入家风。谢氏子弟虽积极进取，却再也回不到权力中心，只能作为皇族撑门面的华丽装饰了。等到陈朝末年，谢贞之子谢靖已史无记载，三百年的谢氏家族至此湮没无闻。

池塘生春草，园柳变鸣禽。谢氏家族像池塘边的春草一点点滋生茂盛，慢慢变成了繁花似锦的春天；但终究敌不过时代的巨轮，而百花落尽，众草枯萎。谢氏的兴衰有着深广的社会历史原因，但它能够延续三百余年，政治经济上的优越地位之外，家风也有着重要的作用。谢氏注重儒风，积极入世，参与政治，为家族的发展努力。子弟多读书甚勤，有文化有能力。而在六朝玄风大盛的背景下，谢氏族人又是名士之风的引领者，子弟多继承从谢鲲就开始的清谈名士之风。所谓"山阴道上桂花初，王谢风流满晋书"，谢氏在儒风与玄风的相融相济中又形成了"雅道"为主要特点的家风。

《南史》卷一九《谢晦传论》说："然谢氏自晋以降，雅道相传，景恒、景仁以德素传美，景懋、景先以节义流誉。方明行己之度，玄晖（谢朓）藻缋之奇，各擅一时，可谓德门者矣。"谢氏雅道传家可以从谢安与子侄们"讲论文义""品读诗书"得到很好的反映。《世说新语·言语》载：

> 谢太傅寒雪日内集，与儿女讲论文义。俄而雪骤，公欣然曰："白雪纷纷何所似？"兄子胡儿曰："撒盐空中差可拟。"兄女曰："未若柳絮因风起。"公大笑乐。即公大兄无奕女，左将军王凝之妻也。

这个"咏絮之才"的故事说的是才女谢道韫，"咏絮才"可说是后世形容女子有才的超高频用语了。谢氏还有诸多如"雅人深致""林下之风""芝兰玉树"等广为流传的风流故事。

有一天，谢安问子侄们："子女们和自己的事有什么相干？而父母却一味想让他们出人头地？"大家都不说话，只有谢玄回答说："这就好比芝兰玉树，总想使它们生长在自家的庭院中啊！"这就是"芝兰玉树"的由来，后多用芝兰玉树比喻优秀子弟。

在雅道家风的熏陶下，谢氏子弟多有才华，在文学创作上的贡献尤为突出，尤其是在山水诗方面。萧统《文选》收入谢氏家族诗歌71首，占南朝诗人入选作品总数的41%。钟嵘《诗品》谢氏家族共有8人，占南朝入选诗人的1/8。都远远高于同期的其他大族。而"大小谢"谢灵运、谢朓的诗歌成就更是光耀千古。

谢灵运是谢玄的孙子。原名公义，小名客儿，世称谢客，是我国著名的诗人、文学家、旅行家。他以大量的山水诗作开创了山水诗派，开创了一代诗风。在诗歌发展史上，谢灵运完成了从陶渊明古朴诗风的转变，让诗歌"声色大开"，开始注重辞采，成为南朝诗风的主流，对后世影响很深。山水诗成为中国古诗中的大宗，谢灵运功不可没。

"解道澄江净如练，令人长忆谢玄晖。"（李白语）留下了"余霞散成绮，澄江静如练"这一华彩名句的谢朓是永明体的代表作家，对近体诗的发展贡献很大。他的山水诗与谢灵运齐名，世称"二谢"或"大小谢"。谢朓诗歌语言精美，清新俊逸，"圆美流转如弹丸"。沈约盛赞："二百年来无此诗也。"后世如李白、王士禛等诗人都对他推崇备至。

谢惠连、谢庄等也是谢氏中文学著名者，谢庄《月赋》非常有名。而谢赫（479年—502年）则是谢家绘画方面的翘楚。他擅长风俗画、人物画，并著有我国最早的绘画论著《古画品录》，提出的"六法"，成为后来画家、批评家及绘画鉴赏者使用的原则。此外，谢氏家族在佛教理论和佛经翻译方面也有建树。如谢灵运精通梵文，还主张化解儒学、玄学与佛学的矛盾。

谢氏家族人才济济，芝兰玉树，满于庭阶。哪怕谢氏已退出历史舞台一千多年，他们的三百年传奇，他们的山水华章，他们在文化上的贡献，仍被华夏儿女铭记传诵，并将继续传诵下去。

百忍传家美名扬

——百忍堂张氏家风

堂号，是一个姓氏的重要标记。从一个姓氏的堂号中，往往可以看出一个姓氏的起源、繁衍及所属宗系，同时，堂号也浓缩着某一姓氏家风、家德的精髓，有着敦宗睦族、凝聚血亲、教化族人修心向善、维护家族安宁兴旺的重要作用。在中华大地数之不尽的姓氏祠堂中，张氏百忍堂就是其中一颗明媚耀眼的星辰。

百忍堂张氏是张姓的一个独特而重要的组成部分，最早发端于南北朝初期，在唐代因为受到帝王的优遇而声名鹊起，趋于繁盛。

百忍堂得名于唐代著名的道德耆老张公艺，当时张公艺家族因为累世同居而闻名天下，并且不断受到朝廷的旌表。《旧唐书·孝友·张公艺》载："郓州寿张人张公艺，九代同居。北齐时，东安王高永乐诣宅慰抚旌表焉。隋开皇中，大使、邵阳公梁子恭亦亲慰抚，重表其门。贞观中，特敕吏加旌表。"至张公艺时，张家已经九代同居。唐高宗麟德二年（665年），前往泰山举行封禅的唐高宗途经寿张时驾临张家，因为张家九世同居且能和睦兴旺，高宗皇帝便向已经八十八岁的张公艺请教治家经验，张公艺当即书写了一百个"忍"字献给皇帝，高宗皇帝深为感佩，便赐给了张家大量的绢帛，并免张家丁赋，以示褒奖。自此之后，"百忍堂"便扬名天下，千古流芳。

据《百忍堂张氏族谱》记载，张家经过九代的繁衍生息，已经成为"人口九百多，居室四百区"的大家族，犹如一株枝繁叶茂的大树。张家有着系统、细致的家族规约，对家族成员的衣食住行、修身养性都有着严格的要求，所以尽管九代同居，但家族日常生活秩序仍然是循规遵礼，井井有条。张家在日常的生产与生活中，都高度统一。如每日以鼓声为信号，全族人到指定地点集中会餐，统一发放服装，统一耕作，统一领取生活用品，有着严明有序的家庭礼仪。

自高宗皇帝圣驾亲临张家后，一系列的恩宠和荣耀随之而来。为使张家的家风家德显扬于天下，成为大众效法的典范，在拜访张公艺的次年，高宗下旨地方政府，为张家修建百忍义门，并封张公艺之子做官；乾封年间，高宗再次下旨，让张公艺兄弟十人分徙于全国十道（唐初，太宗为加强对地方的控制，将全国划分为十道，即关内道、河南道、河东道、河北道、山南道、陇右道、淮南道、江南道、剑南道、岭南道，每道下辖若干州县），至此，张氏家族九代同居便画上了句号。这次迁徙，使得百忍堂张氏的后裔遍布中华大地，张氏家风进一步为人了解。值得一提的是，迁徙到岭南的这一支，诞生出一位辉映千秋的名相——张九龄。据《百忍堂张氏族谱》记载，张公艺长子张希达，张希达长子张君政，张君政任广东韶州别驾，君政生子张太寿，太寿生子张秉才，张九龄系张秉才之子。

"分徙十道"，是百忍堂张氏在历史长河中的第一次大迁徙，这次迁徙让百忍堂张氏在广袤的中华大地上开枝散叶。在后来的千百年中，百忍堂张氏又历经了两次大的迁徙。

一次是在安史之乱爆发之初。安禄山叛军势如破竹，很快便兵临潼关，威逼长安，唐王朝的统治受到了致命威胁。此时，张九龄已逝世，但在朝中为官的百忍堂张氏族人仍为数不少。由于张九龄多年前曾在玄宗皇帝面前断言安禄山必反，建议朝廷对安禄山采取措施，此举遭到了安禄山的极度忌恨。当时百忍堂张氏的祖籍地郓州寿张处于安禄山叛军的兵锋威胁之下，为了防止安禄山对张氏祖籍地不利，在朝为官的百忍堂张氏族人决定通知寿张祖籍地的族人紧急疏散，由此拉开了百忍堂张氏历史上第二次迁徙的序幕。这次迁徙规模很大，几乎所有的族人都迁出避祸，但迁出地又不是很远。

据《百忍堂张氏族谱》记载，这次迁徙人员的落脚点，最远不超过寿张四百里，大都散居于今天山东的莘县、阳谷、梁山、郓城等地，河南的台前、范县，江苏的沛县等3省的10多个县。安史之乱平定后，部分族人返回了寿张祖籍地，一部分就留在了迁徙地定居。

自安史之乱平定后，尽管历史风云变幻，但百忍堂张氏并没有发生大规模的迁徙事件，直到明代正德年间，百忍堂张氏因为一个偶然因素，再次迎来了一次迁徙浪潮。据《百忍堂张氏行辈名实要略》载，正德八年（1513年），张公艺二十八世孙张禧、张睿兄弟二人，因学业需要，由寿张桥北张村去今阳谷县张秋镇从师读书。学有所成后，他们定居于今阳谷县张秋镇梨园村。因为二人在百忍堂张氏均系有声望之人，寿张桥北张的一些族人便随之迁往，家籍称之为"梨园分家"。从此，梨园成为桥北张之外，百忍堂张氏的又一个比较集中的聚居地。

千百年的风雨变迁，千万次的风雨洗礼，百忍堂张氏今天在分布地域以及家族支脉上已经远非昔日可比，然而，百忍堂张氏的家风却深深浸透进张氏后人的血肉骨髓，成为张氏族人治家和修身的准则。张氏家风涉及方方面面，但其核心要素，就是一个"忍"字。并且，这种治家思想，由于有着帝王和朝廷的大力褒扬而为人们广泛了解和敬仰。宋代罗大经在其所著《鹤林玉露》中说："大智大勇，必能忍小耻小忿。彼其云蒸龙变，欲有所会，岂与琐琐者校乎？东坡论子房，颍滨论刘、项，专说一忍字；张公艺九世同居，亦只是得此一字之力，如杜牧云'包羞忍耻是男儿'。"元代吴亮在《忍经》中写道："处家之道，非一忍字所能尽，然忍固争之友、化之渐也。凡憎嫌之端，初起甚微，结之便深，构之便大，一忍则无事矣。况相效于忍，有不和顺者乎？张公治家，更有规范，然忍字固其得力处也。"著名国学大师季羡林在其《季羡林谈人生》中，有一段非常平实的话："至于人与人的关系，我的想法是，对待一切善良的人，不管是家属，还是朋友，都应该有一个两字箴言，一曰真，二曰忍。真者，以真情实意相待。忍者，相互容忍也。唐朝张公艺的'百忍'是历史上有名的例子。"

关于百忍的内容，各种不同文献记载上各有不同。一般流传较广的是《张公艺百忍歌》：

百忍歌，歌百忍。仁者忍人所难忍，智者忍人所不忍。思前想后忍之方，装聋作哑忍之准。忍字可以走天下，忍字可以结邻近。忍得淡泊可养神，忍得饥寒可立品。忍得勤苦有余积，忍得荒淫无疾病。忍得骨肉存人伦，忍得口腹全物命。忍得语言免是非，忍得争斗消仇憾。忍得人骂不回口，他的恶口自安靖。忍得人打不回手，他的毒手自没劲。须知忍让真君子，莫说忍让是愚蠢。忍时人只笑痴呆，忍过人自知修省。就是人笑也要忍，莫听人言便不忍。世间愚人笑的忍，上天神明重的忍。我若不是固要忍，人家不是更要忍。事来之时最要忍，事过之后又要忍。人生不怕百个忍，人生只怕一不忍。不忍百福皆雪消，一忍万祸皆灰烬。

关于张氏"忍"的家风，还有两则小故事。乾隆元年（1736年），乾隆皇帝赐予百忍金匾给百忍堂张氏，在写到"忍"字时多了一点，随从提醒他忍字多了一点。乾隆皇帝说单忍不够，双忍才能忍彻底。另外，据《南平县志》记载，张氏有族人张元洛，曾在闽南当官，一天升堂问案，案子的被告是个女的。这个妇女平时就比较急躁，她不服判决，当堂将口水吐到张元洛身上。张元洛牢记百忍家训，没有动怒，更没有治她的罪，而是心平气和地审理，直至该妇女心服。

　　"忍"是中华传统美德中的一个重要方面，张公艺提倡的忍，不是要人忍气吞声，懦弱无能，丧失原则，而是寓含着中华传统美德中的宽容、包涵、谅解、谦让。这些美德不仅个人修身立德时必不可少，也是一个国家长治久安，一个社会繁荣安定的题中应有之义。

名园风雨五百年
——锡山秦氏家风

　　"山川风月，本无常主，二百余年不更二姓，子孙世守，莫有秦园若者。"这里说的秦园就是江苏无锡的寄畅园，风景如画，名闻天下。它本是锡山秦氏所建，五百年间，易主不易姓，创造了中国园林绝无仅有的传之一姓的奇迹。锡山秦氏家族以宋代词人秦观为始祖，几百年间，"仕宦、甲第、名臣接迹以起，海内称为鼎族"。家族之人又工于文章书画，《中国名画家词典》记载的就有三十多人。秦氏以诗书孝友传家，历代进士官员不断涌现，子弟孝行播于世间。而寄畅园的风风雨雨，更是锡山秦氏久经考验而不衰的写照。

　　锡山秦氏始祖秦观（1049年—1100年）是宋神宗元丰八年（1085年）进士，我国著名的文学家，诗词文皆有成就，尤其是词，自成一家，影响深远。他的老师苏轼称他"有屈、宋之才"，感叹"少游已矣，虽万人何赎"。秦观本是江苏高邮人，其子秦湛后在常州为官，定居武进，因感于秦观生前对无锡山水的喜爱，把秦观的墓迁到了惠山。后秦观的十一世孙秦惟桢在南宋淳祐年间又从武进的秦村迁到无锡县富安乡胡埭镇，成为无锡分支的始祖。元末，秦彦和迁至无锡城内六箭河北的玄文里，其后称"河上秦"。明成化年间，秦金又从胡埭迁居县城西水关，其后称"西关秦"。这是秦氏家族的两大支系，其间人才辈出。

　　"辰未联科双鼎甲，高玄接武十词林。"秦氏宗祠大门上的这副对联，说明了家族科举之盛。在清代乾隆丙辰、己未两科，秦氏两次考取了探花，在祖孙五代中就有十名进士。这得益于秦氏以诗书传家的优良家风。家族虽然历经盛衰，却始终以读书为高，对子弟的道德修养和学业水平毫不放松要求，子弟也多勤苦好学，牢记祖先教诲。为官者廉洁正直，秉公办事；为民者勤劳生产，经营家业。

无锡秦氏在宋元时期，几乎无人科举入仕。直到明朝天顺四年（1460年）秦旭之子秦夔进士及第，才开启了家族科甲鼎盛的大幕。秦夔为官清廉，勤政务实，任职地方知府期间，颇有政绩。弘治六年（1493年）中进士的秦金使秦氏在科举成就中达到鼎盛。秦金自幼在父亲所设家塾读书，很小就以"北阙登科我有名"为志。秦金二甲出身，成绩优异，初入翰林院任职。此后宦海沉浮，在嘉靖六年（1527年）致仕。他为官清正有操守，因先后担任了五个部的尚书，又在孝宗、武宗、世宗三朝连任太保，有"五部尚书""三朝太保"之称。秦金的曾孙秦耀隆庆五年（1571年）进士及第，选为翰林院庶吉士。万历十四年（1586年）巡抚南赣，十七年（1589年），督抚全楚，时年四十六岁。秦耀能力出众，见识高超，但他能平步青云，也离不开老师张居正的提携。张居正去世后，秦耀解职归乡。此后，秦氏中人不断有人考中进士，据统计，明清两朝进士三十四人，中举七十七人。进士中有十三人任职翰林院，三人中第三名探花（秦鈇、秦勇钧和秦蕙田）。无锡科举之盛，多在秦氏一族。这也得益于秦氏教子有方，弟子勤奋有加。"高玄接武十词林"中秦松龄一家就有五人，包括他的两个儿子秦道然和秦靖然，秦道然的儿子秦蕙田、孙子秦泰均。秦道然"少时资颇钝"，连私塾里的老师都劝他退学，但他"发愤自强，始文一首率二三百遍，后渐减，最后两三遍即成诵"，最终考中进士。其子秦蕙田中了探花，官至刑部尚书，兼任工部尚书，并加封太子太保头衔，深得乾隆皇帝恩宠。《清史稿》中有传，和先祖秦金一样颇有政绩。

秦氏家族教育子弟刻苦读书求取功名，并设有义庄、私塾为此提供经济支持和制度保障。然而自宋代秦惟桢迁居无锡，秦氏家族七百余年经受改朝换代和战火的洗礼，依旧坚强如昔，更得益于"孝友传家"的优良传统。

"以孝弟为立身之本，以忠信为立心之基。"这是锡山秦氏家训第一条。他们孝顺父母，兄弟姐妹之间友爱相处，为人温和敦厚。"四百年中先后六孝子"传为江左佳话。这几位孝子是：明代"前双孝"秦永孚和秦仲孚、秦瀚，清代秦仁、秦德藻，"后双孝"秦蕚翘和秦芝珊，正所谓："弟寻亲，兄疗亲，弟兄两难，洵足垂名千古；前双孝，后双孝，前后相继，尤钦媲美一门。"

秦永孚和秦仲孚兄弟的孝感故事，曾经使得乾隆皇帝御赐了"孝友传家"的匾额给秦氏。兄弟俩"操行不同，而皆以笃行事亲著名，故称二孝子"。他们是秦旭的儿子，对父母四十余年"曲尽孝敬"。他们不仅能养父母，更重要的是能从心里敬父母，重视他们的喜怒哀乐。秦旭与友结社，到处游玩，永孚总是准备妥当各项所需。在父母生病之时，他们更是处处尽心。秦旭晚年患有心痛病，他们四处寻医问药，可惜秦旭病情好转不久后又恶化，他们衣不解带之余，钻研医术，水平甚至超过名医。他们还依书尝试以自己胸口的血代替兔血为父治病。他们的母亲摔伤了膝盖，限于当时医疗条件，生疮流脓了，兄弟俩不惜以舌舔舐脓疮以减轻母亲痛苦。他们的孝行当时就传遍乡里，明宪宗御题"双孝"以示旌表。秦瀚"性至孝"，不仅孝顺自己父母，对姑母也克尽孝道。秦仁"养亲必敬"；秦德藻"以孝友"著称。秦氏家族的孝道还表现在能够"慎终追远"，继承祖先的志向，立身行道，使父母扬名等方面。他们还能做到兄妹之间友爱相敬、白首无间。秦镗的长姐，在其丈夫去世后，回到秦家，秦镗"时往候姊起居"，尽力照顾姐姐。姐弟互相宽慰，以安度晚年。秦家的至孝传统直至今日依然不坠。秦光宇悉心照顾年迈患病母亲的孝行传为美谈。

秦氏子孙能够几百年间坚守"孝友"，跟家族读书的追求有关。与世人只以子弟做高官、享厚禄为荣不同，秦氏教导子弟读书更重要的目的在于遵循仁义道德，有所建树，使父母家族显名后世。因此，家族中除了高官显宦，也有很多在文学绘画方面有所成就的人。秦旭（1410年—1494年）曾创诗社"碧山吟社"，他"博学多闻，诗类陆游"。曾孙秦瀚后重组诗社，古迹至今尚存。1918年，秦毓钧编选《锡山秦氏文钞》十二卷，收作者123人、文490余篇，"无锡秦氏乃独擅其胜，弥令人起羡而起敬矣"。

和秦氏数百年读书科举之盛、孝友不辍、人才辈出相媲美的是寄畅园历尽几百年世事变迁，却易主不易姓的奇迹。从嘉靖六年（1527年）秦金开始营建"凤谷行窝"起，秦氏子孙恪守职责，始终守护着这座园子，展现了家族蕴藏的抵抗任何风云变幻的内聚力。

"五部尚书"秦金致仕后徜徉山水间，在林壑优美的惠山脚下建了这座别墅。后秦瀚父子加以修葺。秦耀归乡后，又进行扩建，并取王羲之"寄畅山水荫"诗意为园子改名"寄畅园"。优游林泉十三年的秦耀去世后，为免寄畅园无人照看，把它一分为二交给两个儿子，后又被分为四处。至秦德藻时，方归并重修。他请了当时的画家兼造园名家张涟来全面修整寄畅园。经过精心打造，园中一草一木，一亭一阁，皆有奇趣，从而声名远播，传到大江南北，四方诗人墨客过无锡时都来游玩，"徘徊题咏而不忍去"。可惜在雍正时期，因秦道然曾在九皇子允禟家教书，而被诬陷下狱，园子也被没官。直至秦蕙田进士及第，上书乾隆帝，秦道然才得以释放，寄畅园也得以归还秦氏。而此时的寄畅园已经破败不堪，秦氏一族也已经无财力修缮。这之后，秦氏为保护寄畅园把它改为祖祠，因为依据清制，坟园祭田是不能入官的。他们还公推一人来管理园子。后虽经几百年而园林尚存。乾隆帝南巡时也曾在寄畅园居住，盛赞"江南诸名园，唯惠山园最古"，深爱寄畅园的文化内涵和历史积淀。

我国古代园林的命运多与园主相伴，很难传之于后。而寄畅园何以数百年长存常新，不易其姓？当然归功于秦氏"祖宗创业，子孙守业"，不辱先人的良好家风；这同时也是秦氏子弟孝友为先，继承显扬祖先之德的品质展现。

重农兴商儒传家
——金溪陆氏家风

青砖黛瓦，石板铺路，这古色古香的村落就是历史悠久的陆坊村，"金溪陆氏义门"聚居地，著名哲学家、教育家陆九渊的故里。

陆九渊出身的金溪陆氏是一个聚族同居二百余年的大家族。南宋理宗朝颁发旌表文告称："抚州青田陆氏，代有名儒，德在谥典。聚其族逾三千指，合而爨将二百年。"陆氏因此称为"义门"。金溪陆氏聚家兴业，不仅家族兴盛，更是出现了以陆九渊为代表的"金溪三陆"，而名扬后世。

金溪陆氏是魏晋时期著名的吴郡陆氏的后代分支。据陆九渊为其兄长陆九龄所写的《全州教授陆先生行状》，陆氏先人是妫姓，田敬仲裔孙齐宣王少子通，封于平原里的陆乡，后人姓陆。通的曾孙陆烈为吴令、豫章都尉，他的后代世居吴郡，成为三国时期吴国四大家族"张朱顾陆"之一，以陆逊、陆抗、陆机为代表人物，在三国两晋历史上大放异彩。到了唐朝，吴郡陆氏后人成为宰相的有六人之多，他们是陆敦信、陆元方、陆象先、陆希声、陆贽、陆扆。金溪陆氏就是陆希声的后代。

陆希声的孙子陆德迁和陆德晟在五代末期因避战乱迁徙到金溪。陆德晟的后人流散已不可考。陆德迁这一支生息繁衍、聚族而居。陆德迁兄弟刚到金溪时，"买田治生，资高闾里"，依然家资殷富，但时局动荡，流亡异乡，失去了政治资本，经济地位就越来越堪忧。因此他们合家而居，"十世二百年如一日，合门三千余指如一人"，但是家境依然每况愈下，至陆九渊父亲陆贺之前，先前的宰相之家的风光渐渐消失。陆九渊曾说"田仅充数月之饥，卒岁之计，每用凛凛"。这说得可能有些夸张，但陆家经济拮据是事实。据《西江陆氏家乘·陆九思传》，"象山之始生也，乡人有求抱养为子者，二亲以子多，欲许之，九思力请以为不可"。如果是家庭很富裕，父母是不可能只是因为儿子比较多而愿意把儿子抱养给别人的。

到了陆九渊时期，金溪陆氏开始崛起，不但在学术上有了以陆九渊为代表的"金溪三陆"，在经济上也兴盛起来，成为地方望族。陆氏能够延续数百年，且又重新兴盛，与他们继承先人家风、严教子弟、重视家训有直接关系。

陆氏治家非常严厉，也很重视家规家训的制订。据《西江陆氏家乘·著述》载，陆贺有《家法》，陆九思有《家问》，陆九韶撰有《家制》和《家规录》。曾任金溪县主簿的包恢在淳祐八年（1248年）写的《诏旌青田陆氏十世同居记》说，陆氏家规有大纲四条和小纪十八条，"本末具举，大小无遗"，"莫不各有品节，且为歌以寓警戒之机焉"。《宋史》陆九龄传说"九龄尝继其父志，益修礼学，治家有法。阖门百口，男女以班各供其职，闺门之内严若朝廷"。陆氏二十二条家法条文现在不见记载，"严若朝廷"的情形现在不得而知，但还是可以从陆九韶《家制》以及其他史料一窥陆氏治家风采。

南宋罗大经《鹤林玉露·陆氏义门》有关于陆氏家风的记载："陆象山家于抚州金溪，累世义居。一人最长者为家长，一家之事听命焉。""公堂之田，仅足给一岁之食。家人计口打饭，自办蔬肉，不合食。""每晨兴，家长率众子弟致恭于祖祢祠堂，聚揖于厅，妇女道万福于堂。暮，安置亦如之。子弟有过，家长会子弟，责而训之；不改，则挞之；终不改，度不可容，则言之官府，屏之远方焉。"从相关记载来看，陆氏"严若朝廷"其实是一种"家国同构"理念，按照治理国家的方式来治家。一人为家长主持家政，组织生产，选派子弟协助管理。在经济上，陆氏重农兴商，逐步发展了家族产业；同时，重视子弟教育，以儒传家，修身养德。

　　家庭的经济状况，对家族的兴衰具有决定性意义。陆贺与陆九渊父子几人为改变家庭困境，同心协力，重农兴商。《西江陆氏家乘·陆贺传》称："家贫，素无田，蔬畦不盈十亩，而食指千余，聚族千余指。"要解决一百多人的吃饭问题，在当时来说，必须抓好农业生产，善于耕作。陆贺既通晓孔孟之学，又善于治家，会经营产业。对于粮食种植，他用"深耕易耨"之法提高亩产量。陆九渊在象山书院对弟子们讲："吾家治田，每用长大镢头，两次锄至二尺许，深一尺半许外，方容秧一头。久旱时，田肉深，独得不旱。以他处禾穗数之，每穗谷多不过八九十粒，少者三五十粒而已。以此中禾穗数之，每穗少者尚百二十粒，多者二百余粒。每一亩所收，比他处一亩不啻数倍。盖深耕易耨之法如此，别处独不然乎？"陆九渊以种田为喻，教学生学习之法。陆氏经济慢慢改善，"稍有田亩"。陆氏同时还重视经营药铺生意。为了一大家人的生活，陆九叙没有和其他兄弟一样去准备科举，而是独自总揽药铺事宜，"一家之衣食百用，尽出于此"。《西江陆氏家乘》赞之曰："公正通敏，善治生，总故药肆以足家用。诸弟有四方行，旅装立具。或诸弟论事未决，徐出一语折衷之。时贤高其行谊，称曰处士，又称为五九居士。"

　　陆氏兄弟都比较注重家业经营，他们乐于治田，陆九皋常在"过从之隙，时时杖策徜徉畦垄阡陌间，检校种刈"。重农兴商使得陆家的经济状况得到根本上的改变。陆贺晚年已经"优游觞咏，从容琴弈，裕然无穷匮之忧"。可见，当时陆家已经富甲一方了。陆贺父子开创的治家方式流传下去，陆氏"逐年差选子弟分任家事，或主田畴，或主租税，或主出纳，或主庖爨，或主宾客"。分工明确，同心治家，更为此后家族的发展奠定了基础。

　　经济情况好转为陆家发展文化教育提供了物质基础。陆氏重视读书明理，以儒传家。早在魏晋，吴郡陆氏门风深受儒家浸润，以忠君出名。《世说新语·赏誉》："吴四姓旧目云：张文、朱武、陆忠、顾厚。"金溪陆氏继承先人的儒风，即便是经济逐渐衰落之时，读书之风依然不辍。陆九渊高祖陆有程，"博学，于书无所不观"。曾祖陆演"宽厚有容"。父亲陆贺"究心典籍，见于躬行，酌先儒冠、婚、丧、祭之礼，行之家，家道之整，著闻州里"。

陆九渊兄弟不仅注重自身文化修养，而且严教家中子弟，广泛授徒，陆氏因此成为远近闻名的思想文化中心。陆九皋"授徒于家塾"，"率其弟九韶、九龄、九渊，相与讲论圣道"；而陆九龄与陆九渊更是"相为师友"，"肆力于学，缮阅百家，昼夜不倦，悉通阴阳、星历、五行、卜筮之说"。陆氏兄弟教人读书为学并不以科举为目的，而是着重培养德行。陆九韶在《家制》中说："愚谓人之爱子，但当教之以孝弟忠信，所读之书先须六经语孟，通晓大义，明父母君臣夫妇兄弟朋友之节，知正心修身齐家治国平天下之道。""世之教子者不知务此，惟教以科举之业，志在于荐举登科，难莫难于此者。试观一县之间，应举者几人，而与荐者有几？至于及第，尤其希罕。"他认为只要学到了真才实学，"既通经知古今，而欲应今之科举，亦无难者"。

陆家以学问德行为重的教育理念，培养出了一代大家陆九渊。陆九渊作为宋明"心学"的开山之祖，与大思想家朱熹齐名。"宇宙便是吾心，吾心即是宇宙。"几乎无人不知。明代王阳明发展心学，"陆王学派"直至今日，依然有着巨大的影响力。陆九渊的两个哥哥陆九韶（号梭山居士）和陆九龄（学者称复斋先生）也都是著名的学者。《宋元学案》说"三陆子之学，梭山启之，复斋昌之，象山成之"。他的另三个哥哥也都是博学通儒。陆氏虽不重科举，但正如陆九韶所说，学问做好了，科举自然不会很难。

陆氏六兄弟两进士、两乡举、一征君。他们的子孙后人考取功名者也很多，尤其是陆九渊大哥陆九思一门在八子十六孙三十三曾孙中，得功名者近三十人。陆九渊的儿子陆持之、陆循之都学有所成。陆持之七岁能为文，后协助父亲讲学、兴教化，传扬优良家风。

陆氏兄弟继承先人家法，发扬光大，形成了一整套治家理念和措施。他们重视家族产业的经营，在农业耕种和商业发展上都有一套自己的方法，为发展家族文化教育奠定基础；重视子孙教育，以儒家倡导的学问道德为本。陆氏家族因此进入经济文化的鼎盛时期，并延续数百年。在宋理宗时被敕封为"义门"，子孙世世以贤德称于乡里。

砥砺风节黜浮华
——诸城刘氏家风

　　诸城刘氏是清代一支显赫的仕宦大族，祖籍为安徽砀山，明朝时期几经迁徙，最终定居于山东诸城逄戈庄。明末清初时刘氏家族初兴，经过康雍乾三朝发展至全盛，家族中为官者人数众多，官声卓著者不少，赢得朝野赞誉，尤其是被民间戏称为刘罗锅的刘墉，更是家喻户晓的廉吏。自五世至十四世，刘氏家族中有七人官至二品以上，三人官至一品，乾隆帝为其赐字"海岱高门第"。刘统勋、刘墉父子在乾隆年间先后入相，刘墉之侄刘镮之在嘉庆年间任尚书，三人死后分获谥号"文正""文清"和"文恭"，被称为"一门三公，父子同宰"。诸城刘氏不仅是一流的仕宦世家，也是鼎鼎大名的文化世家。刘氏一族涉猎广泛，在诗学、水利、刑名、医学、金石学、考据学等多个领域都很有成就。追溯刘氏一族发迹的根源，不难发现，支撑起这个繁盛家族的无非是德行与学问，刘氏的家风正是基于这两个方面形成的。

　　从诸城刘氏家族的家训家规以及刘氏族人立身处世的记载，可以简要地将诸城刘氏家风的主要内涵总结如下：清廉律己，爱民如子；积德行善，宅心仁厚；识才爱才，知人善任。这些家风可以说包含了中华民族优秀传统道德的诸多核心因素，值得我们认真体味与学习。

　　清廉律己，爱民如子。这是诸城刘氏家风的核心观念。历史上的诸城刘氏以清廉爱民享誉朝野，为表彰刘氏的清廉爱民，康熙与乾隆都曾御笔题写"清爱堂"牌匾赐给诸城刘氏，"清爱堂"也由此成为诸城刘氏祠堂的堂号。刘氏家族先人刘必显曾提出"清廉爱民，待人以宽，官显莫夸，不立碑传"的为官准则，并多次勉励子孙"崇惇厚、黜浮华"。家族中的每个出仕者都谨遵祖训，以清廉为做官第一准则。据记载，诸城刘氏清代为官者十分多，全部能清廉自律，恪守家风，没有出过一个贪官。刘墉的祖父刘棨是康熙年间全国赫赫有名的廉吏，有关他清廉爱民的故事非常多。康熙四十年（1701年），刘棨因在陕西宁羌州（今属陕西省汉中市）知州任上的杰出政绩，被朝廷提拔为宁夏中路同知，还未赴任，便传来了其母亲杨氏因病去世的消息，按照朝廷的礼制，刘棨要回家丁忧服丧。但由于他在宁羌州任上时替百姓还税的缘故（宁羌州十分贫穷，老百姓欠朝廷税的情况十分严重，刘棨任知州时，为减轻百姓的负担，便变卖了自己在山东的私人田产，替百姓还清税款），导致自己经济拮据，无力应付从宁羌州回山东的旅途费用。不得已，刘棨只得向弟弟刘棐求助，让弟弟变卖自己老家剩余的田以凑足盘缠让其回家，刘棐看到哥哥的田产已经变卖得所剩无几，于是便将自己的田产卖掉了一些，给刘棨送去。宁羌州的百姓得知刘棨的经济状况，纷纷自发出资助其返家，刘棨表示自己已筹到了钱，坚决不接受，百姓不允，硬要凑钱给他，直到刘棨出示与弟弟来往的书信众人才作罢。刘棨与百姓的感情已经极为深厚了。

　　同样以清正廉洁著称的还有刘统勋之子刘墉。乾隆后期，官场和社会的风气日益腐化，贪官污吏比比皆是。然而在这样的环境中，刘墉恪守家风祖训，不与贪官同流合污。在日常生活中，刘墉过着粗茶淡饭的生活。他曾写诗"帽破衣残到太原，故人犹作旧时看"，当年他前往太原赴任，路上并没有换什么行头，而是穿着平时的破衣破帽，路上连驿站都没住，而是自己找个小店住下。刘墉不仅个人崇尚清廉简朴，还勇于和官场上的不正之风作斗争。乾隆四十七年（1782年），刘墉受命与和珅共同查处山东巡抚国泰贪污案。国泰与和珅交情很深，刘墉到时，他早已做好应对准备。刘墉等人查验历城库房，发现库银并不短缺，但细心的刘墉从银两颜色型号不一中发现了疑点，深入调查后，得知是国泰借商号银两凑数对付。刘墉随即贴出告示，要求各商号不得借给官府银两，如果借出即行收回，否则全部充公。由此一来，官府库银顿时清空，国泰只好认罪。在乾隆帝支持下，刘墉一查到底，国泰等首犯俱被处死，向他们行贿的官员被撤职查办，成为当时震动官场的一件大案。

除了这几位在历史上留下显赫声名的高官以外，诸城刘氏的其他出仕者也同样坚守清廉的作风。刘缙之曾在江浙督学任上被誉为"关防严肃，弊绝风清"；刘纯炜任分宜知县，三年后坐法免官，贫不能归；再如刘墫，他在任上积劳致死后，竟没钱将灵柩运回故乡，最后在上司的资助下才得以魂归故土。诸城刘氏为官者中没有一人是贪官，其族人无论官阶高低，无论任职时间长短都能始终如一地坚守廉洁自律的原则，共同创造出以清白著称的家风。

积德行善，宅心仁厚。这是诸城刘氏家风的另一大内涵。诸城刘氏家族几代人的一个共同特点是拥有着一颗济世救人、乐善好施的仁心。《诸城县志》中记载，康熙四十三年（1704年），山东遭遇饥荒，饥民遍野，刘棨刘棐在方圆十里地之内巡查，一旦见到有人挨饿，马上施粮救济，若遇到饿死之人的尸骨，便为其安葬，这样一连持续了十个多月，灾情缓解方作罢。

俗话说，百善孝为先。诸城刘氏的历代子孙都是践行孝道的社会典范。刘棨的哥哥刘果是刘氏子弟中有名的孝子。刘果对父母极为孝顺，甚至对继母都十分孝顺。朝廷委派刘果到江南提学道任职，上任前，刘果将凤冠霞帔亲自给继母孙氏披上。孙氏去世后，刘果立即回家奔丧，并按制丁忧，同时，请当时著名学者戴名世为孙氏撰写墓志铭。此后，刘果常念及孙氏的恩情，常常痛哭流涕，无限感慨。在丁忧结束之后，刘果感到父亲年老体衰，需要尽心照顾，于是决定不再出仕，在家照顾父亲。这在古代士大夫中是极为少见的。

刘氏子弟除了待长辈至孝以外，同辈之间的手足之情同样感人至深。如前文所提到的，刘棨没路费回家奔丧，托四弟刘棐替自己变卖田产。刘家已是当地望族，刘棐为将土地出手，辗转奔波至浙江，拜托在浙江的亲友，才得以将土地卖掉，凑足路费。自他们之后几代都谨遵家风，维护着兄友弟恭的大家族。及至刘墉一辈，出任外官者更多，兄弟之间团聚的机会寥寥无几，但他们之间的书信诗文往来非常频繁，《东武诗存》《东武刘氏诗萃》《刘文清公遗集》等书中多有留存。更值得一提的是，刘氏一族的孝悌观念并不狭隘，族中亲友之间同样多有照拂。刘绪煊在兄弟刘继爚、刘继煌去世后，主动承担起抚养、教育他们子女的重任。刘墉对弟弟刘堪、侄子刘镮之也照顾有加。刘墉和刘镮之名义上是叔侄，实际上却情同父子。孝悌观念是中国传统文化最重要的组成部分，“父严母慈，兄友弟恭；孝悌为本，意在睦宗”不仅被写入刘氏一族的祖训中，还因一代代人的言传身教不断流传。

识才爱才，刻苦读书。刘氏家族为官者甚众，所以刘氏家风一直十分注重人才的识别和赏拔，识才爱才，知人善任，也成了刘氏优秀的家风内涵之一，这也是刘氏家风与其他名门家风之区别所在。刘统勋曾作为主考官四次主持乡试，四次主持会试，由他遴选、擢拔的人才不计其数。这其中包括了纪晓岚、蒋士铨、赵翼、朱珪等名闻天下的显宦名流。刘统勋识才爱才的故事非常多。朱珪在乡试中举后，前往刘统勋家拜谒，刘统勋想要再考考他的才学，便让他用墙壁上的《狻猊噬虎图》，按照苏东坡的石鼓诗韵题诗。当刘统勋读到诗中的“东龙西龙斗赤日，白鬌老蛟碎玉斗”后大为惊叹，勉励他“诗文已成家，留心经济，必成伟人”，朱珪最终官拜大学士，成为乾嘉之际的名臣。刘墉继承了父亲的爱才之风，曾点拨了一代经学大师焦循成才。

　　诸城刘氏自迁往诸城以来，最初几代人皆以耕种为生，到刘通才开始走上科举读书之路。刘氏一族发迹与刘家对读书的重视有密切联系。

　　刘氏先祖刘通性格倔强，当时家中并不富裕，为了帮助儿子刘必显读书，刘通一旦看见值得欣赏的文字，便抄写在旧纸上，回到家中让刘必显诵读。在这种艰苦的条件下，刘氏家族开启了读书科举之路。清顺治九年（1652年），刘必显成为家族中的第一位进士，随后刘必显的弟弟刘必大在顺治十七年（1660年）考中了举人，自此，刘氏家族成为当地有名的耕读之家。刘必显十分重视教育，他曾说过："教子之方，莫要于读书。"刘家几代人酝酿出了刻苦攻读、博闻饱学的醇厚门风。刘绲之官至吏部尚书，仍不忘作诗勉励自己："人生有常业，力穑其一端。弗辞胼胝苦，且免冻馁干。而我面诗书，讵敢怀晏安。"

　　随着时间的推移，曾经鼎盛的诸城刘氏一族也早已成为历史长河中的陈迹，但诸城刘氏清廉爱民、宅心仁厚、识才爱才、重视教育、关怀民生的家风对今天而言，依旧是一笔极具特色的宝贵历史文化财富。

精英世族冠江南

——无锡钱氏家风

　　江南自古是人文荟萃之地，魏晋以来，无数世家望族在这里繁衍生息。位于吴越故地的无锡钱氏就是江南杰出的世家代表。钱氏家族素称"千年名门望族，两浙第一世家"，这一家族最为人称道的就是盛产精英，古有"西昆体"名家钱惟演、三元及第钱棨、明末名士钱谦益、乾嘉学派大儒钱大昕等文化名人，近代以降，钱氏家族出现人才"井喷"的盛况，才俊之众足以媲美宇宙星斗：文字音韵学家钱玄同、教育家钱基博、历史学家钱穆、"文化昆仑"钱锺书、导弹之父钱学森、力学之父钱伟长、原子弹之父钱三强、外交家钱其琛、台湾社会活动家钱复、水利专家钱正英、金石书画家钱君陶、物理学家钱致榕、荣获"诺贝尔奖"的空气动力学家钱永健、物理学家钱临照、工程力学家钱令希、经济学家钱俊瑞……截止到2010年，全国所有两院院士中，共有二十二位院士系钱氏子弟。有人将其总结为"一诺奖、二外交家、三科学家、四国学大师、五全国政协副主席、十八两院院士"。如此多的文化精英、科学巨匠同出一门，钱氏家族是当之无愧的精英世家。

　　无锡钱氏渊源于五代十国的吴越王钱镠（liú）。钱镠（852年—932年）是吴越国的开国之主，因谥号武肃，所以又称武肃王。以武肃王钱镠为始祖，钱氏家族不断壮大，香火鼎盛，千年不绝，发展出了一百多支宗脉，是名副其实的大家族。钱基博父子和钱穆属于无锡钱氏一脉。无锡钱氏又分出堠山、湖头两大支系，钱基博父子属于堠山钱氏支系；钱穆属于湖头钱氏支系。钱氏家族除了追认共同的始祖钱镠外，每一支系都有其开支始祖，无锡钱氏的源流是武肃王钱镠的儿子忠懿王钱弘俶和忠献王钱弘佐，堠山支系的开支始祖钱迪，属钱弘俶一脉；湖头支系始祖钱进，是钱弘佐的曾孙，也是无锡钱氏从钱塘迁往无锡的始祖。钱基博、钱锺书父子为钱镠的第三十二、三十三世孙；钱穆则是第三十四世孙。按辈分论，钱基博长钱穆两辈，钱锺书长钱穆一辈；而按年龄，钱基博年长钱穆八岁，而钱穆又长钱锺书十五岁。就像钱穆所说的："江浙钱氏同以五代吴越武肃王为始祖，皆通谱。无锡钱氏在惠山有同一宗祠，然余与子泉（按：钱基博，字子泉）不同支。年长则成为叔，遇高年则称老长辈。故余称子泉为叔，锺书亦称余为叔。"

钱氏家族枝繁叶茂，香火绵延已有千年之久，历经五代、宋、元、明、清、民国，至今不衰，而且英才荟萃，群星璀璨，古今罕见，实在是中国家族史上的奇迹。要想了解钱氏家族长盛不衰的秘密，大概只能从钱氏的家风传统中窥得堂奥。

钱氏家风之源要追溯到始祖钱镠，他一手缔造了钱氏家族，并留下了千古家训泽被后人。根据《钱氏家乘》记载，钱氏家训包括《武肃王八训》《武肃王遗训》和《钱氏家训》三个部分，其中，《武肃王八训》和《武肃王遗训》都是钱镠晚年所作，而《钱氏家训》则是由钱镠第三十二世孙钱文选在前两训的基础上提炼整理而成，但精神内核却是属于钱镠的。背诵《钱氏家训》是钱氏家族的传统，据说，每当钱氏家族添丁，全家就会诵读《钱氏家训》，家训是每个钱氏子孙成长过程中必学的人生第一课。

作为钱氏子弟的启蒙课，《钱氏家训》依次从个人、家庭、社会、国家四个层面教诲子孙。《家训》开篇陈言第一条便是"心术不可得罪于天地，言行皆当无愧于圣贤"，教育子孙为人要清白磊落，行事须无愧于天地，这是最重要的立身之道，是做人的根本。《家训》还告诫道："读经传则根柢深，看史鉴则议论伟。"鼓励子孙多读书。在祖训督导下，钱氏子弟养成了良好的学风，好学不倦、勤学苦读的家族传统内化为个体的精神意志，在血统相继中一脉相承。钱基博、钱穆均爱自修苦读，最终成就了他们国学大师之名。钱锺书受父亲钱基博的影响，在上小学之前就开始涉猎传统典籍，先后读完了《论语》《孟子》《毛诗》《礼记》《左传》等经典书籍，打下了扎实的古文基础。钱基博对孩子管教非常严格，钱锺书念小学时，每当放学后钱基博都要留儿子去他的办公室自修古文。后来钱基博到清华大学任教，寒假没有回家，钱锺书难得脱离父亲的管束，于是自由地阅读一些父亲禁止的闲书，钱基博回家考校功课，发现钱锺书受时文影响，行文庸俗，大为恼火，动用家法重重体罚了钱锺书。从此钱锺书发愤用功，再也不敢偷懒，这才得以成长为文化大家。

由于喜好读书，钱氏家族尤其重视发展教育事业。钱基博的祖父钱维桢，曾创办江阴全县义塾；二伯父钱熙元是江南乡试副举人，设私塾授课40多年。为了保证族中子弟都能接受良好的教育，老祖先钱镠立下家规，各地的钱家都要设立义田、义庄、祭田，并将其中一部分田产或盈利作为公共的教育经费。这就保证了钱氏子孙无论贫富都有受教育的机会，钱穆和钱伟长就是在无锡鸿山七房桥的"怀海义庄"资助下才得以上学的。钱氏教育经费的设立与现代的教育基金制度有异曲同工之妙，可见钱氏父祖在教育事业上的先见之明。

钱氏重教不光是为了自己一家一族的兴旺繁衍，《钱氏家训》有言："兴学育才则国盛。"钱氏崇学重教也是本于振国兴邦的责任感。

爱国是钱氏家训中非常重要的部分，从武肃王钱镠开始就特别强调爱国主义的精神操守。他虽然是吴越之主，割据一方，但始终视自己为大唐的臣子，忠于唐室。他在遗训中说道："余固心存唐室，惟以顺天，而不敢违者，实恐生民涂炭，因负不臣之名。而恭顺新朝，此余之隐痛也。"他以中原王朝政权为正统，但并不愚忠，不因天下易主、中原改朝换代而怀不臣之心，因为在他心中，维持一个国家的完整统一以及减少不必要的战争远比称王称霸、实现个人野心重要得多，他的爱国，是爱真正的"国"，而非某个君主或一家一姓之政权。这份家国情怀在钱氏家风中世代相继，譬如钱锺书笔下那些怀念故国和洋溢着爱国激情的篇章，以及钱学森、钱伟长等科学巨匠以身许国、报效国家的事迹。再如钱穆，他一生教书育人，著书立说，他曾对自己的恩师吕思勉说过："学生自读书懂事以来，就深知要爱国爱民族，爱国素不后于人。"国家危难之际，钱穆虽未投笔从戎，也没从政指点江山，但却以文人特有的方式演绎出另一种耿烈的爱国风姿。他避世一年专心撰写《国史大纲》，既为了在乱世中保全民族文化，也希望通过国史文化的传播振奋民族精神："将国史真态传播于国人之前，使晓然了解于我先民对于国家民族所已尽之责任，而油然生其慨想，奋发爱惜保护之挚意也。"这部书问世之后引起了很大的反响，据说，当年在沦陷区的北平，甚至有人整本抄录，且言："读此书倍增国家民族之感。"

齐家是与爱国并驾齐驱之外的另一件大事。钱氏家族非常重视家庭人伦关系的维系和经营。钱氏先祖钱镠在《武肃王八训》和《武肃王遗训》中一再告诫子孙团结亲族、家庭和睦的重要性，叮嘱他们"兄弟相同，上下和睦"，《钱氏家训》在《家庭》篇中也继续传递着祖辈的教诲："父母伯叔孝敬欢愉，妯娌兄弟和睦友爱。""家富提携宗族，置义塾与公田；岁饥赈济亲朋，筹仁浆与义粟。"

家庭的兴旺发达还有一个关键因素，那就是婚姻。自古以来，人们相信娶妻当娶贤，嫁女须嫁德，美满的婚姻才能成就幸福的家庭，也才能培养出优秀的后代。钱氏家族向来注重子孙的婚姻，择媳、选婿都十分慎重，从不轻率。《钱氏家训》有言："娶媳求淑女，勿计妆奁；嫁女择佳婿，勿慕富贵。"钱镠也教诲儿孙："为婚姻须择门户，不得将骨肉流落他乡及与小下之家，污辱门风；所娶之家亦须拣择门阀，宗国旧亲是吾乡县人物，粗知礼义便可为亲，若他处人必不合祖宗之望。"钱氏子弟婚配，不重财，也不重色，但十分看重配偶的个人修养和家教门风，德行有失或门风不正的配偶一概不选。一言以蔽之，就是"优优联姻"，讲究非物质上的"门当户对"，这是钱氏家族的婚配原则。试看近现代以来钱氏家族几对名人夫妇的婚姻，钱家的几位媳妇要么是才德兼备的名门闺秀，要么是饱读诗书的才女，比如，钱穆的夫人张一贯，是一名知识女性，曾做过苏州北街第二中心小学校长；钱锺书的夫人杨绛出身于无锡的名门鸿山杨氏，父亲杨荫杭是民国律政界的名流，她自己也是旷世才女，著名的作家、学者、翻译家；钱伟长的夫人孔祥瑛，是孔子的第七十五代孙，清华大学高才生，曾任清华附中校长；钱锺纬的夫人秦溶芳则是北宋词人秦观的后人，家学渊博。从他们身上，钱氏家族的婚姻观可窥一斑。

从钱氏家风中可以明显地看出，其家族文化中深植着修身、齐家、治国、平天下的儒家理想，这是千百年来中国传统士人的共同信仰。可以说，钱氏家风浸淫着传统的"士"的精神，是中国士风的绝好楷模。

后　记

家是最小国，国是最大家。家风是当代中国人不可或缺的精神血脉，是社会主义核心价值观的微观体现，也是精神文明建设的有力抓手。习近平总书记指出："不论时代发生多大变化，不论生活格局发生多大变化，我们都要重视家庭建设，注重家庭、注重家教、注重家风。"为学习领会习近平总书记关于家风建设的重要论述，深入贯彻中共中央办公厅、国务院办公厅《关于实施中华优秀传统文化传承发展工程的意见》，我们组织编写了家风建设学习读本《中华好家风》。

《中华好家风》力图结合时代要求，采用权威精粹的文本汇集与通俗易懂的故事评述相结合的方式，从家书、家训、家规、家风等四个角度，深入挖掘中华优秀传统文化蕴含的人文精神和道德规范，注重家风内涵的文化表达和精神坚守。希望此书的出版能为家风建设提供有益的参考和借鉴。

本书由江西省文明办主任张天清策划定题、框定结构、指导编写、统改审定。张玉胜、姚雪雪、张越、童子乐、臧利娟、邹婧、胡青松等同志参与了编写工作。梁洪生、陈宗文、段晓华等有关专家学者给予了专业性的指导和帮助。本书编写过程中，借鉴了有关资料，在此一并致谢。

由于时间仓促和水平有限，不足之处在所难免，敬请广大读者批评指正。

编　者

2017年12月20日